Tucholsky Wagner Zola Scott Sydow Freud Schlegel
Turgenev Wallace Fonatne

Twain Walther von der Vogelweide Fouqué Friedrich II. von Preußen
Weber Freiligrath
Frey
Fechner Fichte Weiße Rose von Fallersleben Kant Ernst
Richthofen Frommel
Engels Fielding Hölderlin
Fehrs Faber Flaubert Eichendorff Tacitus Dumas
Eliasberg Ebner Eschenbach
Feuerbach Maximilian I. von Habsburg Fock Eliot Zweig
Ewald Vergil
Goethe Elisabeth von Österreich London
Mendelssohn Balzac Shakespeare Dostojewski Ganghofer
Trackl Lichtenberg Rathenau Doyle Gjellerup
Stevenson Hambruch
Mommsen Tolstoi Lenz Droste-Hülshoff
Thoma Hanrieder
Dach Verne von Arnim Hägele Hauff Humboldt
Reuter
Karrillon Rousseau Hagen Hauptmann Gautier
Garschin
Defoe Baudelaire
Damaschke Descartes Hebbel
Hegel Kussmaul Herder
Wolfram von Eschenbach Dickens Schopenhauer
Darwin Rilke George
Bronner Melville Grimm Jerome
Bebel Proust
Campe Horváth Aristoteles
Bismarck Vigny Barlach Voltaire Federer Herodot
Gengenbach Heine
Storm Casanova Tersteegen Grillparzer Georgy
Chamberlain Lessing Langbein Gilm
Gryphius
Brentano Lafontaine
Strachwitz Claudius Schiller Kralik Iffland Sokrates
Katharina II. von Rußland Bellamy Schilling
Gerstäcker Raabe Gibbon Tschechow
Löns Hesse Hoffmann Gogol Wilde Vulpius
Gleim
Luther Heym Hofmannsthal Morgenstern
Roth Klee Hölty Goedicke
Heyse Klopstock Kleist
Luxemburg Puschkin Homer Mörike
La Roche Horaz Musil
Machiavelli
Navarra Aurel Musset Kierkegaard Kraft Kraus
Nestroy Marie de France Lamprecht Kind Kirchhoff Hugo Moltke
Láotse Ipsen Liebknecht
Nietzsche Nansen
Marx Ringelnatz
von Ossietzky Lassalle Gorki Klett Leibniz
May vom Stein Lawrence Irving
Petalozzi
Platon Knigge
Sachs Pückler Michelangelo Kafka
Poe Liebermann Kock
de Sade Praetorius Mistral Zetkin Korolenko

Der Verlag tredition aus Hamburg veröffentlicht in der Reihe **TREDITION CLASSICS** Werke aus mehr als zwei Jahrtausenden. Diese waren zu einem Großteil vergriffen oder nur noch antiquarisch erhältlich.

Symbolfigur für **TREDITION CLASSICS** ist Johannes Gutenberg (1400 — 1468), der Erfinder des Buchdrucks mit Metalllettern und der Druckerpresse.

Mit der Buchreihe **TREDITION CLASSICS** verfolgt tredition das Ziel, tausende Klassiker der Weltliteratur verschiedener Sprachen wieder als gedruckte Bücher aufzulegen – und das weltweit!

Die Buchreihe dient zur Bewahrung der Literatur und Förderung der Kultur. Sie trägt so dazu bei, dass viele tausend Werke nicht in Vergessenheit geraten.

Der Landvogt von Greifensee

Gottfried Keller

Impressum

Autor: Gottfried Keller
Umschlagkonzept: toepferschumann, Berlin

Verlag: tradition GmbH, Hamburg
ISBN: 978-3-8424-0813-5
Printed in Germany

Am 13. Heumonat 1783, als an Kaiser Heinrichs Tag, wie er noch heute rot im Züricher Kalender steht, spazierte ein zahlreiches Publikum aus Stadt und Landschaft nach dem Dorfe Kloten an der Schaffhauser Straße, zu Wagen, zu Pferde und zu Fuß. Denn auf den gelinden Anhöhen jener Gegend wollte der Obrist Salomon Landolt, damals Landvogt der Herrschaft Greifensee, das von ihm gegründete Korps der züricherschen Scharfschützen mustern, üben und den Herren des Kriegsrates vorführen. Den Heinrichstag aber hatte er gewählt, weil ja doch, wie er sagte, die Hälfte der Milizpflichtigen des löblichen Standes Zürich stets Heinrich heiße und das populäre Namensfest mit Zechen und Nichtstun zu feiern pflege, also durch eine Musterung nicht viel Schaden angerichtet werde.

Die Zuschauer erfreuten sich des ungewohnten Anblickes der neuen, bisher unbekannten Truppe, welche aus freiwilligen blühenden Jünglingen in schlichter grüner Tracht bestand, ihrer raschen Bewegung in aufgelöster Ordnung, des selbständigen Vorgehens des einzelnen Mannes mit seiner gezogenen, sicher treffenden Büchse, und vor allem des väterlichen Verhältnisses, in welchem der Erfinder und Leiter des ganzen Wesens zu den fröhlichen Gesellen stand.

Bald sah man sie weit zerstreut am Rande der Gehölze verschwinden, bald auf seinen Ruf, während er auf rot glänzender Fuchsstute über die Höhen flog, in dunkler Kolonne an entferntem Orte erscheinen, bald in unmittelbarer Nähe mit lustigem Gesange vorüberziehen, um alsbald wieder an einem Tannenhügel aufzutauchen, von dessen Farbe sie nicht mehr zu unterscheiden waren. Alles ging so rasch und freudig vonstatten, daß der Unkundige keine Vorstellung besaß von der Arbeit und Mühe, welche der treffliche Mann sich hatte kosten lassen, als er seinem Vaterlande diese seine eigenste Gabe vorbereitete.

Wie er nun schließlich, beim Klange der Waldhörner, die Jägerschar, die fünfhundert Mann betragen mochte, schnellen Schrittes dicht heranführte und blitzrasch zur Erholung und Heimkehr auseinandergehen ließ, indem er sich selbst vom Pferde schwang, ebensowenig Ermüdung zeigend, als die Jünglinge, da war jeder Mund seines Lobes voll. Anwesende Offiziere der in Frankreich und den Niederlanden stehenden Schweizerregimenter besprachen die wichtige Zukunft der neuen Waffe und freuten sich, daß die Heimat dergleichen selbständig und für sich hervorbringe; auch erinnerte man sich mit Wohlgefallen, wie sogar Friedrich der Große, als Landolt einst den Manövern bei Potsdam beigewohnt, den einsam und unermüdlich sich herumbewegenden Mann ins Auge gefaßt und zu sich beschieden, auch in wiederholten Unterhandlungen versucht habe, denselben für seine Armee zu gewinnen. Besitze ja Landolt jetzt noch ein Handschreiben des großen Mannes, das er sorgfältiger als einen Liebesbrief aufbewahre.

Wohlgefällig hingen aller Augen an dem Landvogt, als er nun zu seinen Herren und Mitbürgern trat und allen Freunden kordial die Hand schüttelte. Er trug ein dunkelgrünes Kleid ohne alles Tressenwerk, helle Reithandschuhe und in den hohen Stiefeln weiße Stiefelmanschetten. Ein starker Degen bekleidete die Seite, der Hut war nach Art der Offiziershüte aufgeschlagen. Im übrigen beschreibt ihn der gedachte Biograph folgendermaßen: »Wer ihn nur einmal gesehen hatte, konnte ihn nie wieder vergessen. Seine offene, heitere Stirn war hochgewölbt; die Adlernase trat sanft gebogen aus dem Gesicht hervor; seine schmalen Lippen bildeten feine, anmutige Linien und in den Mundwinkeln lag treffende, aber nie vorsätzlich verwundende Satire hinter kaum bemerkbarem launigem Lächeln verborgen. Die hellen braunen Augen blickten frei, fest und den inwohnenden Geist verkündend umher, ruhten mit unbeschreiblicher Freundlichkeit auf erfreulichen Gegenständen und blitzten, wenn Unwille die starken Brauen zusammenzog, durchdringend auf alles, was das zarte Gefühl des rechtschaffenen Mannes beleidigen konnte. Von mittlerer Statur, war sein Körper kräftig und regelmäßig gebaut, sein Anstand militärisch.«

Fügen wir dieser Beschreibung hinzu, daß er im Nacken einen nicht eben schmächtigen Zopf trug und an jenem Tage Kaiser Heinrichs in seinem zweiundvierzigsten Jahre ging.

Unversehens erhielten die braunen Augen Gelegenheit, mit jener unbeschreiblichen Freundlichkeit auf einem erfreulichen Gegenstande zu ruhen, als er an eine rosenrote Staatskutsche herantrat, um deren Insassen zu grüßen, die ihm die Hände entgegenstreckten; denn unvermuteterweise war da auch ein allerschönstes Frauenzimmer, das er einst wohl gekannt, aber seit Jahren nicht gesehen hatte. Sie mochte ungefähr fünfunddreißig Jahre zählen, hatte lachende braune Augen, einen roten Mund, dunkelbraune Locken fielen auf den Spitzenbesatz, der den halb offenen Hals einfaßte, und bauten sich reichlich über das schöne Haupt empor, von einem nach vorn geneigten feinen Strohhute bedeckt. Sie trug ein weiß und grün gestreiftes Sommerkleid und in der Hand einen Sonnenschirm, den man jetzt für chinesisch oder japanisch halten würde. Um übrigens unbegründete Voraussagen abzuschneiden, muß gleich bemerkt werden, daß sie längst verheiratet war und mehrere Kinder hatte, daß es sich mithin höchstens um vergangene Dinge handeln konnte zwischen ihr und dem Jägeroffizier. Kurz gesagt, war es das erste Mädchen gewesen, dem er einst sein Herz entgegengebracht und ein zierliches Körbchen abgenommen hatte. Ihr Name muß verschwiegen bleiben, weil noch alle ihre Kinder in Ehren und Würden herumlaufen, und wir müssen uns begnügen, sie mit demjenigen Namen zu bezeichnen, mit welchem Landolt sie in seinem Gedächtnisse behielt. Er nannte sie nämlich den Distelfink, wenn er an sie dachte.

Beide Personen erröteten leicht, da sie sich die Hand reichten, und bei der Einnahme von Erfrischungen im Löwen zu Kloten, wohin sich viele begaben, als Landolt neben die Frau zu sitzen kam, tat sie so freundlich und angelegentlich, wie wenn sie einst der verliebte Teil gewesen wäre. Es wurde ihm angenehm zumut, wie er seit Jahren nicht gefühlt, und er unterhielt sich auf das beste mit dem sogenannten Distelfink, der immer gleich jung zu sein schien.

Endlich aber begann der lange Sommertag sich zu neigen, und Landolt mußte auf den Rückweg denken, da er bis nach Greifensee, dessen Herrschaftsbezirk er seit zwei Jahren als Landvogt regierte, gegen drei Wegstunden zurückzulegen hatte. Beim Abschied von der Gesellschaft entwickelte sich wie von selbst eine Einladung und Verabredung, daß die alte Freundin ihn einmal, Gemahl und Kinder mitbringend, auf dem Schlosse zu Greifensee überraschen solle.

Nachdenklich ritt er, nur von einem Diener begleitet, über Dietlikon langsam nach Hause. Auf den Torfmooren webte schon die Dämmerung; zur Rechten begann die Abendröte über den Waldrücken zu verglühen, und zur Linken stieg der abnehmende Mond hinter den Gebirgszügen des züricherischen Oberlandes herauf – eine Stimmung und Lage, in welcher der Landvogt erst recht aufzuleben, ganz Auge zu werden und nur dem stillen Walten der Natur zu lauschen pflegte. Heute aber stimmten ihn die glänzenden Himmelslichter und das leise Walten nah und fern noch feierlicher als gewöhnlich und beinahe etwas weich, und als er den Empfang bedachte, den er jener artigen Korbspenderin entgegenbringen wolle, befiel ihn plötzlich der Wunsch, nicht nur diese, sondern auch noch drei oder vier weitere Stück schöne Wesen bei sich zu versammeln, zu denen er einst in ähnlichen Beziehungen gestanden; genug, es erwachte, je weiter er ritt, eine eigentliche Sehnsucht in ihm, alle die guten Liebenswerten, die er einst gern gehabt, auf einmal beieinander zu sehen und einen Tag mit ihnen zu verleben. Denn leider muß berichtet werden, daß der nun verhärtete Hagestolz nicht immer so unzugänglich war und den Lockungen einst nur allzu wenig widerstanden hatte. Da gab es auf seinem Register der Kosenamen noch eine, die hieß der Hanswurstel, eine andere, die hieß die Grasmücke, eine der Kapitän, und eine vierte die Amsel, was mit dem Distelfink zusammen fünf ausmachte. Die einen waren vermählt, die andern noch nicht, aber alle waren wohl herbeizubringen, da er gegen keine sich einer Schuld bewußt war, und hätte er nicht Zügel und Gerte geführt, so würde er bereits vor leisem Vergnügen die Hände gerieben haben, als er begann, sich vorzustellen, wie er die Schönen untereinander ins Benehmen setzen wolle, wie sie sich aufführen und vertragen würden, und welch zierlicher Scherz ihm winke, die reizende Familie zu bewirten.

Die Schwierigkeit war nun freilich, seine Wirtschafterin, die Frau Marianne, ins Vertrauen zu ziehen und ihre Einwilligung und Beihülfe zu gewinnen; denn wenn diese in so zarter Angelegenheit nicht gutgesinnt und einverstanden war, so fiel der liebliche Plan dahin.

Die Frau Marianne aber war die seltsamste Käuzin von der Welt, wie man um ein Königreich keine zweite aufgetrieben hätte. Sie war die Tochter des Stadtzimmermeisters Kleißner von Hall in Tirol und mit einer Schar Geschwister unter der Botmäßigkeit einer bösen Stiefmutter gewesen. Diese steckte sie als Novize in ein Kloster; sie hatte eine schöne Singstimme und schien sich gut anzulassen; wie sie aber Profeß tun sollte, erhob sie einen so wilden und furchtbaren

Widerstand, daß sie mit Schrecken entlassen wurde. Hierauf schlug sich Marianne allein in die Welt und fand als Köchin ein Unterkommen in einem Gasthause zu Freiburg im Breisgau. Wegen ihrer wohlgebildeten Leibesgestalt hatte sie die Nachstellungen und Bewerbungen der österreichischen Offiziere und der Studenten zu erdulden, welche in dem Hause verkehrten; jedoch wies sie alle energisch zurück bis auf einen hübschen Studenten aus Donaueschingen, von guter Familie, dem sie ihre Neigung schenkte. Ein eifersüchtiger Offizier verfolgte sie deswegen mit übler Nachrede, die ihr zu Ohren kam. Mit einem scharfen Küchenmesser bewaffnet, schritt sie in den Gastsaal, in dem die Offiziere saßen, stellte den Betreffenden als einen Verleumder zur Rede, und als derselbe die resolute Person hinausschaffen wollte, drang sie so heftig auf ihn ein, daß er den Degen ziehen mußte, um sich ihrer zu erwehren. Allein sie entwaffnete den Mann und warf ihm den Degen zerbrochen vor die Füße, infolgedessen er aus dem Regiment gestoßen wurde. Die tapfere Tirolerin aber heiratete nun den schönen Studenten und zwar gegen den Willen der Seinigen, indem sie miteinander entflohen. Er trat in Königsberg in ein preußisches Reiterregiment, dem sie sich als Marketenderin anschloß und in verschiedenen Feldzügen folgte. Hier zeigte sie sich so unermüdlich tätig und geschickt, im Felde sowohl wie in den Garnisonen, als Köchin und Kuchenbäckerin, daß sie genug Geld verdiente, um ihrem Manne ein bequemes Leben zu bereiten und auch etwas beiseite zu legen. Sie bekamen nach und nach neun Kinder, die sie über alles liebte und mit der ganzen Leidenschaftlichkeit, die ihr eigen war; aber alle starben hinweg, was ihr jedesmal fast das Herz brach, das jedoch stärker war, als alle Schicksale. Da aber endlich Jugend und Schönheit entflohen waren, erinnerte sich der Husar, ihr Mann, seines besseren Standes und fing an, seine Frau zu verachten; denn es war ihm zu wohl geworden in ihrer Pflege. Da nahm sie das ersparte Geld, erkaufte ihm den Abschied vom Regimente und ließ ihn ziehen, wohin es ihm gefiel, sein Glück zu suchen; sie selbst wanderte einsam wieder dem Süden zu, von woher sie gekommen war, um ein Unterkommen zu finden.

In St. Blasien im Schwarzwald fügte es sich, daß sie dem Landvogt von Greifensee, der eine Wirtschafterin suchte, empfohlen wurde, und so diente sie ihm schon seit zwei Jahren. Sie war mindestens fünfundvierzig Jahre alt und glich eher einem alten Husaren, als einer Wirtschaftsdame. Sie fluchte wie ein preußischer Wachtmeister, und wenn ihr Mißfallen erregt wurde, so gab es ein so gewaltiges Gewitter, daß alles auseinanderfloh und nur der lachende Landvogt standhielt und sich an dem Spektakel ergötzte.

Allein sie besorgte seinen Haushalt auf das vortrefflichste; sie beherrschte das Gesinde und die Ackerknechte mit unnachsichtlicher Strenge, führte seine Kasse treu und zuverlässig, feilschte und sparte, wo es immer möglich war und die Großmut des Herrn nicht dazwischen trat, und unterstützte wiederum seine Gastfreundschaft mit guter Küche so willfährig und wohlbewandert, daß er ihr bald die Führung seines gesamten Hauswesens ohne Rückhalt überlassen konnte.

Durch alle Rauheit leuchtete dann wieder ihr tiefes Gemüt hervor, wenn sie dem Landvogt, der ihr aufmerksam zuhörte, mit ungebrochener Altstimme eine alte Ballade, ein noch älteres Liebesoder Jägerlied vorsang, und sie war nicht wenig stolz, wenn der waldhornkundige Herr die schwermütige Melodie bald erlernte und aus dem Schloßfenster über den mondhellen See hinblies.

Als einst das zehnjährige Söhnlein eines Nachbars in unheilbarem Siechtum darniederlag und weder das Zureden des Pfarrers, noch dasjenige der Eltern das Kind in seinen Schmerzen und seiner Furcht vor dem Tode zu trösten vermochte, da es so gerne gelebt hätte, so setzte sich Landolt, ruhig seine Pfeife rauchend, an das Bett und sprach zu ihm in so einfachen und treffenden Worten von der Hoffnungslosigkeit seiner Lage, von der Notwendigkeit, sich zu fassen und eine kleine Zeit zu leiden, aber auch von der sanften Erlösung durch den Tod und der seligen, wechsellosen Ruhe, die ihm als einem geduldigen und frommen Knäblein beschieden sei, von der Liebe und Teilnahme, die er, als ein fremder Mann, zu ihm hege, daß das Kind sich von Stund an änderte, mit heiterer Geduld seine Leiden ertrug, bis es vom Tode wirklich erlöst wurde.

Da drang die leidenschaftliche Frau Marianne an das Todeslager, kniete am Sarge nieder, betete andächtig und anhaltend und empfahl dem vermeintlichen kleinen Heiligen alle ihre vorangegangenen Kinder zur Fürbitte bei Gott. Dem Landvogt aber küßte sie wie einem großen Bischof ehrfürchtig die Hand, bis er sie lachend mit den Worten abschüttelte:»Seid Ihr des Teufels, alte Närrin?«

Das war also die Schaffnerin des Herrn Obristen, mit welcher er sich ins reine setzen mußte, wenn er die fünf alten Flammen an seinem Herde vereinigen und leuchten lassen wollte.

Als er in den Schloßhof ritt und vom Pferde stieg, hörte er sie eben in der Küche gewittern, weil die Hunde im Stall heulten und eine Magd versäumt hatte, denselben das Abendfutter abzubrühen. Das ist keine günstige Zeit! dachte er und ließ sich kleinlaut in seinem Lehnstuhle nieder, um sein Nachtessen einzunehmen, während die Wirtschafterin ihm mit wetterleuchtender Laune vortrug, was sich alles während des Tages ereignet habe. Er schenkte ihr ein Glas Burgunder ein, den sie liebte, von dem sie aber nur trank, wenn der Herr sie dazu einlud, obgleich sie die Kellerschlüssel führte. Das milderte schon etwas ihren Groll. Dann nahm er das Waldhorn von der Wand und blies eine ihrer Lieblingsweisen auf den Greifensee hinaus.

»Frau Marianne!« sagte er hierauf,»wollt Ihr mir nicht das andere Lied singen, wie heißt's:

Wer die seligen Fräulein hat gesehn
Hoch oben im Abendschein,
Seine Seele kann nicht scheiden gehn,
Als über den Geisterstein!
Ade, ade, ihr Schwestern traut,
Mein Leib schläft unten im stillen Kraut!«

Sogleich sang sie das Lied mit allen Strophen, die auf verschiedene Gegenstände übersprangen, aber alle eine gleichmäßige Sehnsucht, ein Gewisses wiederzusehen, ausdrückten. Sie wurde von der einfachen Weise selbst gerührt und noch mehr, als der Landvogt die gedehnten Töne in die Nacht hinausziehen ließ.

»Frau Marianne!« sagte er, in die Stube zurücktretend,»wir müssen gelegentlich darauf denken, eine kleinere, aber ausgesuchte Gesellschaft wohl zu empfangen!«

»Welche Gesellschaft, Herr Landvogt? Wer wird kommen?«

»Es wird kommen«, versetzte er hustend, »der Distelfink, der Hanswurstel, die Grasmücke, der Kapitän und die Amsel!«

Die Frau sperrte Mund und Augen auf und fragte: »Was sind denn das für Leute? Sollen sie auf Stühlen sitzen, oder auf einem Stänglein?«

Der Landvogt war aber schon in die Nebenstube gegangen, um eine Pfeife zu holen, die er nun in Brand steckte.

»Der Distelfink,« sagte er, den ersten Rauch wegblasend, »der ist ein schönes Frauenzimmer!«

»Und der andere?«

»Der Hanswurstel? Der ist auch ein Frauenzimmer, und auch schön in seiner Art!«

So ging es fort bis zur Amsel. Da die Wirtschafterin aber auch von diesen lakonischen Erklärungen nicht befriedigt war, mußte der Herr Landvogt sich entschließen, endlich des mehreren von Dingen zu reden, über welche noch nie ein Wort über seine Lippen gekommen war.

»Mit einem Wort,« sagte er, »es sind das alle meine Liebschaften, die ich gehabt habe und die ich einmal beisammen sehen will!«

»Aber heiliges Kreuzdonnerwetter!« schrie nun Frau Marianne, die mit noch viel größeren Augen aufsprang und zuhinterst an die Wand rannte, »Herr Landvogt, gnädigster Herr Landvogt! Sie haben geliebt und so viele? O Himmelsakerment! Und kein Teufel hat eine Ahnung davon gehabt, und Sie haben immer getan, als ob Sie die Weiber nicht ausstehen könnten! Und Sie haben alle diese armen Würmer angeschmiert und sitzen lassen?«

»Nein,« erwiderte er verlegen lächelnd, »sie haben mich nicht gewollt!«

»Nicht gewollt!« rief Marianne mit wachsender Aufregung; »keine einzige?«

»Nein, keine!«

»Du verfluchtes Pack! Aber die Idee ist gut, die der Herr Landvogt hat! Sie sollen kommen, wir wollen sie schon herbeilocken und betrachten; das muß ja eine wunderbare Gesellschaft sein! Wir werden sie hoffentlich in den Turm sperren, zuoberst wo die Dohlen sitzen, und hungern lassen? Für Händel will ich schon sorgen!«

»Nichts da!« lachte der Landvogt; »im Gegenteil sollt Ihr an Höflichkeit und guter Bewirtung alles aufwenden; denn es soll ein schöner Tag für mich sein, ein Tag, wie es sein müßte, wenn es wirklich einen Monat Mai gäbe, den es bekanntlich nicht gibt, und es der erste und letzte Mai zugleich wäre!«

Frau Marianne bemerkte an dem Glanze seiner Augen, daß er etwas Herzliches und Erbauliches meine, sprang zu ihm hin, ergriff seine Hand und küßte sie, indem sie leise und ihre Augen wischend sagte:»Ja, ich verstehe den Herrn Landvogt! Es soll ein Tag werden, wie wenn ich alle meine heimgegangenen Kinder, die seligen Englein, plötzlich bei mir hätte!«

Nachdem das Eis einmal gebrochen war, machte er sie nach und nach, wie es sich schickte, mit den fünf Gegenständen bekannt und stellte ihr dar, wie es sich damit begeben habe, wobei der Vortragende und die Zuhörerin sich in mannigfacher Laune verwirrten und kreuzten. Wir wollen die Geschichten nacherzählen, jedoch alles ordentlich einteilen, abrunden und für unser Verständnis einrichten.

Distelfink

Den Namen schöpfte Salomon Landolt aus dem Geschlechtswappen der Schönen, welches einen Finken zeigte und über ihrer Haustüre gemalt war. Mehr als eine Familie führte solche Singvögel im Wappen und es kann daher der Taufname des ehemaligen Jungfräuleins, das Salome hieß, verraten werden. Oder vielmehr war es eine sehr stattliche Jungfrau, als Salomon sie kennen gelernt hatte.

Es gab damals, außer den öffentlichen Herrschaften und Vogteien, noch eine Anzahl alter Herrensitze mit Schlössern, Feldern und Gerichtsbarkeiten, oder auch ohne diese, welche als Privatbesitz von Hand zu Hand gingen und von den Bürgern je nach ihren Vermögensverhältnissen erworben und verlassen wurden. Es war bis zur Revolution die vorherrschende Form für Vermögensanlagen und Betrieb der Landwirtschaft und gewährte auch den Nichtadeligen die Annehmlichkeit, ihren ideellen Anteil an der Landeshoheit mit herrschaftlich feudal klingenden Titeln auszuputzen. Dank dieser Einrichtung lebte die Hälfte der bessergestellten Einwohnerschaft während der guten Jahreszeit als Wirte oder Gäste auf allen jenen amtlichen oder nichtamtlichen Landsitzen in den schönsten Gegenden, gleich den alten Göttern und Halbgöttern der Feudalzeit, aber ohne deren Fehden und Kriegsmühen, im tiefsten Frieden.

An einem solchen Orte traf Salomon Landolt, etwa in seinem fünfundzwanzigsten Jahre, mit der jungen Salome zusammen. Sie standen zu dem Hause, von entgegengesetzter Seite her, in nicht naher Verwandtschaft, so daß sie unter sich selbst nicht mehr für verwandt gelten konnten und doch ein liebliches Gefühl gemeinsamer Beziehungen empfanden. Außerdem wurden sie wegen ihrer ähnlich lautenden Namen der Gegenstand heiterer Betrachtungen, und es gab manchen Scherz, der ihnen nicht zuwider war, wenn sie auf einen Ruf gleichzeitig sich umsahen und errötend wahrnahmen, daß vom andern die Rede sei. Beide gleich hübsch, gleich munter und lebenslustig, schienen sie wohlgesinnten Freunden füreinander schicklich und eine Vereinigung nicht von vornherein untunlich zu sein.

Freilich war Salomon nicht gerade in der Verfassung, schon ein eigenes Haus zu gründen; vielmehr kreuzte sein Lebensschifflein noch unschlüssig vor dem Hafen herum, ohne auszufahren noch einzulaufen. Er hatte seinerzeit die französische Kriegsschule in Metz besucht, erst um sich im Artillerie- und Ingenieurwesen auszubilden, dann um sich mehr auf die Zivilbaukunst zu werfen, worin er einst der Vaterstadt dienen sollte. In gleicher Absicht war er nach Paris gegangen; allein Zirkel und Maßstab und das ewige Messen und Rechnen waren seinem ungebundenen Geiste und seinem milden Jugendmute zu langweilig gewesen, und er hatte teils einen angebornen Hang zum freien Zeichnen, Skizzieren und Malen gepflegt, teils durch unmittelbares Sehen und Hören sich allerlei Kenntnisse und Erfahrungen erworben, sonderlich wenn es auf dem Rücken der Pferde geschehen konnte; ein Ingenieur oder Architekt aber kam in ihm nicht nach Hause zurück. Das gefiel seinen Eltern nur mäßig, und ihre sichtbare Sorge bewog ihn, wenigstens eine Stelle im Stadtgerichte zu bekleiden, um sich für die Teilnahme am Regiment zu befähigen. Sorglos, doch liebenswürdig und von guten Sitten, ließ er sich dabei gehen, während tieferer Ernst und Tatkraft nur leicht in ihm schlummerten.

Es versteht sich von selbst, daß von der ungewissen Lage des jungen Mannes hinsichtlich einer etwaigen Verheiratung mehr die Rede und jede Seite der Angelegenheit gründlicher erwogen war, als er ahnte; wie die Bauern den Jahresanfang, je unbekannter ihnen die Zukunft ist, mit desto zahlreicheren Bauernregeln begleiten und beschielen, so besprachen und beschrien die Mütter vorhandener Töchter Salomons harmlosen Lebensmorgen.

Die anmutige Salome entnahm daraus so viel, daß an sichere Aussichten und Heiratspläne nicht gedacht werden könne, hinwieder aber ein angenehmer, selbst traulicher Verkehr wohl um so eher erlaubt sei. Sie wurde Mademoiselle genannt und war in französischem Geiste gebildet, mit der Abweichung, daß sie in freier protestantischer Gesellschaft und nicht im Kloster erzogen war, und sie hielt daher sogar eine gelinde Liebelei nicht für verfänglich.

Arglos gab sich Salomon einer Neigung hin, die sich in seinem offenen Herzen bald aufgetan, ohne sich jedoch aufdringlich oder unbescheiden zu benehmen. So kam es, daß wenn das eine der beiden auf dem stets wirtlichen Schloßgute einkehrte, das andere auch nicht lange ausblieb und die Wirkung dieser Vorgänge bloß das unterhaltende Ratespiel der Leute war: Sie nehmen sich! Sie nehmen sich nicht!

Eines schönen Tages jedoch schien eine Entscheidung aus dem Boden zu wachsen.

Salomon, der sich schon in frühen Tagen allerhand landwirtschaftliche Kenntnisse erworben und dieselben auf seinen Reisen eifrig erweitert hatte, bewog den Gutsherrn, eine Wiese, die an einem sonnigen Hange lag, mit Kirschbäumen bepflanzen zu lassen. Er schaffte die jungen, schlanken Bäumlein selbst herbei und machte sich daran, sie eigenhändig in den Boden zu setzen. Es war eine neue Art weißer Kirschen darunter, welche er abwechselnd mit den roten in Reihen pflanzen wollte, und da es gegen die fünfzig Stück waren, so handelte es sich um eine Arbeit, die wohl einen ganzen kurzen Frühlingstag erforderte.

Salome aber wollte sich's nicht nehmen lassen, dabei zu sein und wo möglich zu helfen, da sie, wie sie lachend sagte, vielleicht einst einen Gutsherrn heiraten werde und darum solche Dinge beizeiten lernen müsse. Mit einem breiten Schattenhute bekleidet, ging sie in der Tat mit auf die etwas entlegene Wiese hinaus und wohnte der Arbeit mit aller beflissenen Handreichung bei. Salomon maß die geraden Linien für die Baumreihen und die Entfernungen zwischen den einzelnen Bäumen ab, wobei ihm Salome die Schnüre ausspannen und die Pflöcke einschlagen half. Er grub die Löcher in die weiche Erde, wie er sie haben wollte, und Salome hielt die zarten Stämmchen aufrecht, während er die Grube wieder zuwarf und das Erdreich in gehöriger Art festmachte. Dann holte Salome aus einer Kufe, die ein Knecht ab- und zugehend mit Wasser füllte, das belebende Element mit der Gießkanne und begoß die Bäumchen so reichlich, als Salomon gebot.

Um die Mittagszeit, als der Schatten der Sonne sich um die neugepflanzten Bäumchen drehte, schickte die Herrschaft dem fleißigen Paare scherzhafterweise ein ländliches Essen hinaus, wie Feldarbeitern geziemt; es schmeckte ihnen auch vortrefflich, als sie es auf dem grünen Rasen sitzend genossen, und Salome behauptete, sie dürfe jetzt so gut wie eine Bauerntochter einige Gläser Wein trinken, da sie so heftig arbeite. Hievon und von der fortgesetzten Bewegung, die bis gegen Abend dauerte, geriet ihr Blut in wärmere

Wallung; es trat vor das Licht ihrer Lebensklugheit, und diese verfinsterte sich vorübergehend wie die Sonne bei einem Monddurchgang.

Salomon verhielt sich bei seiner Arbeit so ernsthaft und unverdrossen, er führte das Geschäft so geschickt und gewissenhaft durch, dabei war er wieder so gleichmäßig heiter, zutraulich und kurzweilig und schien so glücklich, ohne sich doch einen Augenblick während des ganzen Tages mit einem unbescheidenen Blick oder Worte zu vergessen, daß eine holde Überzeugung sie durchdrang, es ließe sich wohl, wie dieser Tag, so das ganze Leben mit dem Gefährten verbringen. Eine warme Neigung gewann die Oberhand in ihr, und als das letzte Kirschbäumlein fest in der Erde stand und nichts mehr zu tun war, sagte sie mit einem leichten Seufzer: »So nimmt alles ein Ende!«

Salomon Landolt, von dem bewegten Tone dieser Worte hingerissen, sah sie beglückt an; er konnte aber wegen des Glanzes der Abendsonne, der auf ihrem schönen Gesichte lag, nicht erkennen, ob es von dem Scheine oder von Zärtlichkeit gerötet sei; nur leuchteten ihre Augen durch allen Glanz hindurch, und sie reichten sich unwillkürlich alle vier Hände. Weiteres begab sich jedoch nicht, da der Knecht eben Harke, Schaufel und Gießkanne und das übrige Geräte zu holen kam.

Unter veränderten Gestirnen kehrten sie durch die zierliche Kirschenallee zurück, die sie gepflanzt hatten. Da sie sich nur noch mit verliebten Augen anzusehen vermochten, so verkehrten sie im Hause weniger und behutsamer miteinander, und es wurde hiedurch und noch mehr durch eine gewisse Zufriedenheit, die sie zu beleben und zugleich zu beruhigen schien, deutlich genug sichtbar, daß etwas Neues sich ereignet habe.

Jedoch ließ es Salamon nicht manchen Tag anstehen; er flüsterte ihr wenige andeutende Worte zu, die sie wohl aufnahm, und ritt in rascher Gangart nach Zürich, um die Möglichkeit einer Verlobung in beiden Familien herbeizuführen.

Vorerst aber drängte es ihn, der Geliebten in einem Briefe sein Herz darzulegen, und wie er kaum im Zuge war und das Dringlichste angebracht hatte, stach ihn der Vorwitz, die Festigkeit ihrer

Neigung auf die Probe zu stellen durch eine mysteriös bedenkliche Schilderung seiner Abkunft und Aussichten.

Die erstere war allerdings, was die mütterliche Seite betraf, von eigentümlicher Art.

Seine Mutter, Anna Margareta, war eine Tochter des holländischen Generals der Infanterie Salomon Hirzel, Herrn zu Wülflingen, der mit seinen drei Söhnen große niederländische Pensionsgelder bezog und damit die bekannte wunderliche Wirtschaft auf der genannten Gerichtsherrschaft in der Nähe von Winterthur führte. Ein am Hoftor statt eines Kettenhundes angebundener Wolf, der wachsam heulte und boll, konnte gleich als Wahrzeichen des absonderlichen Wesens gelten. Nach frühem Tode der Hausfrau und bei der häufigen Abwesenheit des Vaters tat jeder, was er wollte, und die Söhne, sowie drei Töchter erzogen sich selbst, und zwar so wild als möglich. Nur wenn der alte General da war, kehrte eine gewisse Ordnung insofern ein, als am Morgen auf der Trommel Tagwache und Abends der Zapfenstreich geschlagen wurde. Im übrigen ließ jeder den Herrgott einen guten Mann sein. Die älteste Tochter, Landolts Mutter, führte den Haushalt, und die ihr auferlegte Pflicht bewirkte, daß sie die beste und gesetzteste Person der Familie war. Dennoch ritt auch sie mit den Männern auf die Jagd, führte die Hetzpeitsche und pfiff durch die Finger, daß es gellte. Die Herren übten den Brauch, ihre Gewohnheiten und Taten in humoristischer Weise auf die Wände ihrer Gebäulichkeiten malen zu lassen. So gab es denn in einem Pavillon auch ein Bild, auf welchem der alte General mit den drei Söhnen und der ältesten Tochter, die schon verheiratet war, über Stein und Stoppeln dahinjagt und der kleine Salomon Landolt an der Seite der stattlichen Mutter reitet, eine förmliche Zentaurenfamilie.

Solche Reiterzüge pflegten zuweilen einen zahmen Hirsch zu verfolgen, der abgerichtet war, vor Jägern und Hunden her zu fliehen und sich zuletzt einfangen zu lassen; das war indessen eine bloße Reitübung; das wirkliche Jagen wurde unablässig betrieben und wechselte nur mit Gastereien und der Aufführung zahlloser Schwänke ab, die sich selbst auf die Ausübung der Gerichtsbarkeiten erstreckten.

Über all diesem wilden Wesen erhielt sich, wie gesagt, Landolts Mutter mit hellem Verstande und heiterer Laune bei guten Sitten, und sie war ihren eigenen Kindern später eine zuverlässige und treue Freundin, während jenes Vaterhaus unterging.

Nachdem der alte General im Jahre 1755 gestorben und die Anna Margareta ihrem eigenen Hausstand gefolgt war, ergaben sich die Söhne einem täglich wüster werdenden Leben. Ihre Jagden arteten in Raufereien mit benachbarten Gutsherren aus wegen Bannstreitigkeiten, in Mißhandlungen der Untergebenen. Einen Pfarrer, der sie auf der Kanzel angepredigt hatte, überfielen sie, als er durch ihren Forst ritt, und hetzten ihn, mit Peitschen hinter ihm drein jagend, in den Tößfluß hinein, hindurch, über das Feld, bis er mit seiner Mähre zusammenbrach und auf den Knien liegend zitternd um Verzeihung bat. Gerichtsboten aber, welche eine ihnen für diese Tat auferlegte beträchtliche Geldbuße abholten, ließen sie auf dem Rückwege durch vermummte niederwerfen und des Geldes wieder entledigen.

Zu der sinnlosen Verschwendung, welche sie trieben, gesellte sich eine Spielsucht, der sie wochenlang ununterbrochen frönten. Herbeigelockten Verführten nahmen sie Hab und Gut ab, gewährten dann aber so lange Revanche, bis sie das Doppelte wieder an die verunglückten verloren hatten, um ihre Kavaliersehre zu behalten. Zuletzt aber nahm alles ein trauriges Ende. Einer nach dem andern mußte vom Schlosse weichen und der letzte die Herrschaftsrechte und Gefälle, Wälder und Felder, Haus und Hof in eilender Folge dahingeben und entfliehen. Einer der Brüder geriet so ins Elend, daß er in einem ausländischen Arbeitshause versorgt wurde; der zweite lebte eine Zeitlang einsam in einer Waldhütte, mußte aber, von Schulden geplagt und von Krankheiten verwüstet, diesen kümmerlichen Zufluchtsort verlassen und im Dunkel der Ferne verschwinden; der dritte flüchtete sich wieder in den fremden Kriegsdienst, wo er auch verdarb.

Freilich verließ der wilde Humor die Herren bis zum letzten Augenblicke nicht. Ehe sie das Schloß preisgaben, liehen sie von ihrem rustiken Hofmaler alle die Untergangsszenen und Untaten, bis auf das letzte Herrschaftsgericht, das sie abhielten, an die Wände malen; hinter dem Ofen prangten die Titel aller veräußerten Lehenbriefe und Privilegien, und auf einer vom Monde beschienenen Waldlichtung spielten Füchse, Hasen und Dachse mit den Insignien der verlorenen Herrschaft. Über der Tür aber ließen sie sich selbst von der Rückseite darstellen, wie sie zuguterletzt, die Hüte unter dem Arm, würdevoll bei einem Markstein über die Grenze der Herrschaft schreiten. Mit verkehrter Schrift stand darunter das Wort »Amen«!

Indem Salomon Landolt nun diese bedenklichen Geschichten in seinem Briefe an Salome entwickelte, ging er auf die melancholische Befürchtung über, daß das unglückselige Blut und Schicksal der drei Oheime auch in ihm wieder aufleben und nur dank einem günstigen Sterne seine edle Mutter übersprungen haben könnte. Um so eher dürfte aber, folgerte er, der Unstern fast naturgemäß bei ihm abermals aufsteigen. Dagegen nach bestem Wissen und Gewissen anzukämpfen, sei zwar sein inbrünstiger Vorsatz. Allein schon habe er zu bekennen, daß auf seinen Reisen bedeutende Summen verspielt und nur durch die geheime Beihülfe der Mutter gedeckt worden seien. Bereits habe er auch, mit fremden Mitteln und ohne Wissen des Vaters, über sein vermögen Pferde gehalten, und was bares Geld betreffe, so sei es wohl so gut wie gewiß, daß er dasselbe kaum jemals werde so zu Rate halten lernen, wie es sich für das Haupt einer geordneten Haushaltung gebühre. Selbst die mehr heiteren Charakterzüge der Oheime, die Lust an Reiten und Jagen, an Schwank und Spaß, seien in ihm vorhanden bis auf den Hang, die Wände zu beklecksen, da er die Mauern des Schlosses Wellenberg, wo sein Vater Vogt gewesen, schon als Knabe in Kohle und Rotstein mit hundert Kriegerfiguren illustriert habe.

Solches schwere Bedenken glaube er als ehrlicher Mensch seiner vielgeliebten Mademoiselle Salome nicht verhehlen zu dürfen, vielmehr ihr Gelegenheit geben zu sollen, den wichtigen Schritt über die Schwelle einer verschleierten Zukunft reiflich zu erwägen, sei es, daß sie dann mit der zu erflehenden Hülfe einer göttlichen Fürsehung es mit ihm wagen, sei es, daß sie mit gerechter und löblicher Vorsicht handeln und mit vollkommener Freiheit ihrer werten Person sich vor einem dunkeln Schicksale bewahren wolle.

Kaum war der Brief abgesandt, so bereute Salomon Landolt, ihn geschrieben zu haben; denn der Inhalt war im Verlaufe des Schreibens ernster und sozusagen möglicher geworden, als er erst gedacht hatte, und im Grunde verhielt sich ja alles so, wie er schrieb, obgleich er guten Mutes in die Zukunft schaute. Aber jetzt war es zu spät, die Sache zu ändern, und schließlich empfand er doch wieder das Bedürfnis, Salomes wirkliche Zuneigung durch den Erfolg ermessen zu können.

Dieser blieb denn auch nicht aus. Sie hatte sofort, was sich zwischen ihr und Salomon ereignet, der Mutter gestanden; die Neuigkeit wurde mit dem Herrn Vater beraten und die Heirat bei den ungewissen Aussichten des allbeliebten, aber auch ebenso unverstandenen jungen Mannes als nicht wünschenswert, ja gefährlich erklärt; und als nun der Brief kam, riefen die Eltern: »Er hat recht, mehr als recht! Er sei gelobt für seine biedere Aufrichtigkeit!«

Die gute Salome, welcher ein sorgenvolles oder gar unglückliches Leben undenkbar war, weinte einen Tag lang bittere Tränen und schrieb dann dem unbesonnenen Prüfer ihres Herzens in einem kleinen Brieflein: es könne nicht sein! Es könne aus verschiedenen gewichtigen Gründen nicht sein! Er solle der Angelegenheit keine weitere Folge geben und ihr aber seine Freundschaft bewahren, wie sie auch die ihrige ihm allezeit getreulich zudienen lassen werde in allerherzlichster Bereitwilligkeit.

In wenigen Wochen verlobte sie sich mit einem reichen Manne, dessen Verhältnisse und Temperamente über die Sicherheit einer wohlbegründeten Zukunft keinen Zweifel aufkommen ließen.

Da war Landolt einen halben Tag lang etwas bekümmert; dann schüttelte er den Verdruß von sich und hielt heiteren Angesichts dafür, er sei einer Gefahr entronnen.

Hanswurstel

Der Name derjenigen Liebschaft, welche er Hanswurstel nannte, darf unverkürzt angeführt werden, da das Geschlecht ausgestorben ist. Sie führte den altertümlichen Taufnamen Figura und war eine Nichte des geistreichen Rats- und Reformationsherrn Leu, hieß also Figura Leu. Es war ein elementares Wesen, dessen goldblondes Kraushaar sich nur mit äußerster Anstrengung den Modefrisuren anbequemen ließ und dem Perruquier des Hauses täglich den Krieg machte. Figura Leu lebte fast nur vom Tanzen und Springen und von einer Unzahl Späße, die sie mit und ohne Zuschauer zum besten gab. Nur um die Zeit des Neumondes war sie etwas stiller; ihre Augen, in denen die Witze auf dem Grunde lagen, glichen dann einem bläulichen Wasser, in welchem die Silberfischchen unsichtbar sich unten halten und höchstens einmal emporschnellen, wenn etwa eine Mücke zu nahe an den Spiegel streift.

Sonst aber begann ihr Vergnügen schon mit der Sonntagsfrühe. Als Mitglied der Reformationskammer, d. h. der Behörde, welche über die Religions- und Sittenverbesserung zu wachen hatte, lag ihrem Onkel ob, denjenigen Einwohnern, die an einem Sonntage aus den Toren gehen wollten, die Erlaubnis mittelst einer Marke zu erteilen, welche sie den Torwachen abgeben mußten. Denn allen andern war das Verlassen der Stadt an Tagen des Gottesdienstes durch geschärfte Sittenmandate verboten. Über diese Funktion machte sich der aufgeklärte Herr heimlich selber lustig, wenn sie ihn nicht allzusehr belästigte; denn an manchen Sonntagen erschienen an die hundert Personen, die unter den verschiedensten Vorwänden ins Freie zu gelangen suchten. Noch mehr aber belustigte sich daran die Jungfrau Figura, welche die Bittsteller auf der geräumigen Hausflur vorläufig einteilte und aufstellte je nach der Art ihrer Begründung und sie dann klassenweise in das Kabinett des Reformationsherrn führte. Diese Klassen waren jedoch nicht nach den vorgegebenen, sondern nach den wirklichen Gründen gebildet, die sie den Leuten am Gesicht absah. So stellte sie untrüglich die Lehrburschen, Handwerksgesellen und Dienstmägde zusammen, die einen entfernten Kirchweih- oder Erntetanz aufsuchen wollten unter dem Vorwande, sie müßten für die kranken Meisterleute zu einem auswärtigen Doktor gehen. Diese trugen alle zum Wahrzeichen ein leeres Arzneiglas, einen Salbentopf, eine Pillenschachtel oder gar ein Fläschlein mit Wasser bei sich und hielten alle solche Gegenstände auf Geheiß des lustigen Jungfräuleins sorgfältig in der Hand, wenn sie vorgelassen wurden. Dann kam die Schar von bescheidenen Männchen, welche ihre bürgerlichen Privilegien genießend an stillen Wasserplätzen zu fischen wünschten und schon die Schachteln voll Regenwürmer in der Tasche führten. Diese wandten hundert Geschäfte vor, wie Kindstaufen, Erhebung von Erbschaften, Besichtigung eines Häuptlein Viehs u. dergl. Hierauf folgten bedenklichere Gesellen, bekannte Debauchierer, die in abgelegenen Landwinkeln einer Spielerbande, im besten Falle einem Kegelschieben oder einer Zechgesellschaft zusteuerten; endlich kamen noch die Verliebten, die in Ehren aus den Mauern strebten, um Blümlein zu pflücken und die Rinden der Waldbäume mit ihren Taschenmessern zu beschädigen.

Alle diese Klassen ordnete sie mit Sachkenntnis, und der Oheim fand sie so gut eingeteilt, daß er ohne langen Zeitverlust diejenige Anzahl, die er nach humaner Raison für einmal hinauslassen wollte, absondern und die übrigen zurückweisen konnte, damit nicht ein zu großer Haufen aus den Toren laufe.

Salomon Landolt hörte von der lustigen Musterung, welche Figura Leu jeden Sonntagmorgen abhalte, Es gelüstete ihn, das Abenteuer selbst zu bestehen; daher begab er sich, obgleich er als Offizier auch sonst an den Toren überall aus und ein gehen konnte, einstmals zu Pferde vor das Leusche Haus und trat gestiefelt und gespornt auf die Hausflur, wo die wunderliche Aufstellung der Wanderlustigen in der Tat eben beendigt worden.

Figura stand auf der Haustreppe, zum Kirchgange schon mandatmäßig gerüstet, in schwarzer Tracht und mit dem vorgeschriebenen nonnenartigen Kopftuch, das weiße Marmorhälschen mit dem erlaubten güldenen Kettlein umspannt. Überrascht von der feinen, leichten Erscheinung, säumte er einen Augenblick zu grüßen, bat dann aber höflich mit kaum unterdrücktem Lächeln um Anweisung eines Platzes, wo er sich aufzustellen habe.

Sie machte einen anmutigen Knicks, und da sie an seiner Frage die schalkhafte Absicht erkannte, fragte sie hinwieder: »In welchen Geschäften verreiset der Herr?«

»Ich möchte meiner Mutter einen Hasen schießen, da sie am Abend Gesellschaft und keinen Braten hat!« erwiderte Landolt so unbefangen als möglich.

»Dann belieben der Herr sich dorthin zu plazieren,« sagte sie ebenso ernsthaft und wies ihn zu dem Häuflein der Verliebten, die er an ihrem schüchternen und zärtlichen Aussehen erkannte, wie sie ihm beschrieben worden. Figura verneigte sich abermals vor ihm, als er doch etwas verblüfft zu der Gruppe trat, und eilte dann so leicht wie ein Geist, alles im Stiche lassend, aus dem Hause und in die Kirche. Als sie verschwunden war, drückte sich Landolt sachte wieder aus dem Vestibül hinaus, bestieg sein Pferd und trabte nachdenklich dem nächsten Tore zu, das ihm dienstfertig geöffnet wurde.

Wenigstens war nun die Bekanntschaft mit dem eigenartigen Mädchen gemacht, was auch dieses gelten zu lassen schien; denn wenn er der Figura begegnete, so nahm sie freundlich seinen Gruß ab, ja sie grüßte ihn manchmal zuerst mit heiterem Nicken, da sie sich an keine Etikette band. Einmal trat sie sogar, wie von der Luft getragen, auf der Straße unversehens vor ihn und sagte: »Ich weiß jetzt, wer der Hasenfänger ist! Adieu, Herr Landolt!«

Seinem graden, offenen Wesen tat diese Art und Weise außerordentlich wohl, und sie erfüllte sein vom Distelfink bereits angepicktes Herz mit einer zärtlichen Sympathie. Um ihr näher zu kommen, suchte er den Umgang ihres Bruders zu gewinnen, der, gleich ihr, bei dem Oheim wohnte, weil sie von Kindheit an verwaist waren. Salomon hatte erfahren, daß Martin Leu an einer Vereinigung jüngerer Männer und Jünglinge teilnahm, welche sich Gesellschaft für vaterländische Geschichte nannte und in einem Gesellschaftshause am Neumarkt ihre Zusammenkünfte hielt.

Es waren die Strebsamen und Feuerköpfe aus der Jugend der herrschenden Klassen, die unter diesem Titel eine bessere Zukunft und aus dem dunkeln Kerkerhause der sogenannten beiden Stände d. h. des geistlichen und weltlichen Regiments zu entrinnen suchten. Die Gegenstände der Aufklärung, der Bildung, Erziehung und Menschenwürde, vorzüglich aber das gefährliche Thema der bürgerlichen Freiheit, wurden in Vorträgen und zwanglosen Unterhaltungen um so überschwenglicher behandelt, als ja die Herren Väter schon über eine ausschreitende Verwirklichung wachten und die Souveränetät der alten Stadt über das Land außer Diskussion stand; waren doch ja Land und Leute im Laufe der Jahrhunderte mit gutem Gelde erworben und die Pergamente des Staates um kein Haar breit anderen Rechtes als die Kaufbriefe des Privatmannes.

Hingegen war die Untersuchung, ob das Recht der Gesetzgebung, das Recht, die Verfassung zu ändern, bei der gesamten Bürgerschaft oder bei der Obrigkeit stehe, ein um so beliebteres Vergnügen, als es nur im geheimen genossen werden mußte, weil der Scharfrichter mit seiner geschliffenen Korrekturfeder dicht bei der Hand war. Wenn die Bürgerschaft, welche von den Herren als eine der schwierigsten bezeichnet wurde, einmal aufbrauste, so wurde jener schnell zurückgezogen, bis das Wetter vorüber war; nachher stand er wieder da gleich dem Barometermännchen, und die Obrigkeit war wieder das nämliche mystisch-abstrakte Gewaltstier wie vorher, das allein von Gott eingesetzt worden.

Einen um so feurigeren und ernsteren Geist bedurfte es für die mit den Ideen ringenden Jünglinge, von welchen einige zu einem strengen Puritanismus hingerissen wurden. Wie man auf den Sack schlägt und den Esel meint, eiferten sie gegen den Luxus und die Genußsucht, und zwar in einem ganz anderen Sinne, als die Sittenmandate. Sie wollten nicht die Bescheidenheit des christlichen Staatsuntertanen, sondern die Tugend des strengen Republikaner. Hieraus entstanden bald zwei Fraktionen, eine der leichtlebigeren Toleranten und eine der finsteren Asketen, welche jene überwachten und beschalten. Schon war ein Mitglied, das eine goldene Uhr trug und sie nicht ablegen wollte, ausgestoßen worden; andere wurden wegen zu üppiger Lebensart gewarnt und beobachtet. Der oberste Mentor war der Herr Professor Johann Jakob Bodmer, als Literator und Geschmacksreiniger bereits überlebt, als Bürger, Politiker und Sittenlehrer ein so weiser, erleuchteter und freisinniger Mann, wie es wenige gab und jetzt gar nicht gibt. Er wußte recht gut, daß er bei den Herrschenden und Orthodoxen für einen Mißleiter der Jugend galt; allein sein Ansehen stand zu fest, als daß er sich gefürchtet hätte, und die Partei von der strengen Observanz unter den jungen Männern war seine besondere Ehrengarde.

In diese Gesellschaft ließ Salomon sich eines Tages einführen und machte gleich vor Beginn der Verhandlungen die Bekanntschaft des jungen Leu, der sofort Gefallen an ihm fand. Sie mußten sich aber still verhalten; denn Herr Professor Bodmer war heute selbst auf eine halbe Stunde erschienen, um den Jünglingen einen Aufsatz ethischen Inhalts vorzulesen und ihnen eine Aufgabe ähnlicher Art zu stellen. Landolt war nicht sehr aufmerksam, da seine Gedanken anderswo spazieren gingen. Er sah zuweilen den Bruder der Figura Leu an, der sich noch mehr zu langweilen schien, und beide fühlten sich erleichtert, als die eigentlichen Verhandlungen beendigt waren.

Jetzt kam aber der kritische Moment. Die Ernsthaften hielten es für eine Ehrensache, noch mindestens ein halbes Stündchen in wechselnden Gesprächen beisammen zu stehen, während die Leichtsinnigen bei guter Zeit davonzulaufen strebten, um in einem Gasthause sich noch etwas gütlich zu tun. Mit Geringschätzung oder Entrüstung, je nach dem sonstigen Werte der Flüchtlinge, und mit scharfen Seitenblicken bemerkte man das Entweichen. Nachdem schon mehrere sich dergestalt gedrückt hatten, zupfte auch Martin Leu den arglosen Landolt am Rockärmel und lud ihn leise flüsternd ein, mit ihm noch zu einem guten Glas Wein zu gehen. Landolt begab sich unbefangen mit ihm hinweg, wunderte sich aber, wie der andere auf der Straße plötzlich querüber sprang, ihn mitziehend, die Steingasse hinauf lief, was sie vermochten, dann durch die Elendenherberge, ein labyrinthisches Loch, nach dem dunkeln Löwengäßlein strebte, von diesem beim Roten Hause nach dem Eselgäßlein hinübersetzte, wie ein gejagter Hirsch über eine Waldlichtung, hinter der Metzg herum und über die untere Brücke und den Weinplatz rannte, die Weggengasse hinauf, durch die Schlüsselgasse, beim Roten Mann die Storchengasse durchschnitt, die Kämbelgasse zurücklegte, dann, wieder an der Limmat angekommen, rechts abbog und endlich in das stattliche neue Palais der Meisenzunft eintrat.

Atemlos vom Lachen wie vom Laufen verschnauften die beiden jungen Männer, sich an dem eisernen Treppengeländer haltend, das noch jetzt, als ein Stolz damaliger Schmiedekunst, das Auge anzieht. Leu unterrichtete seinen neuen Freund von der Lage der Dinge und wie es gegolten habe, den Blicken der Späher durch den Kreuz- und Querlauf zu entrinnen. Landolt, als ein Feind jeder Art von Muckerei, freute sich nicht wenig über den Streich, zumal er von dem Bruder derjenigen Person ausging, die ihm wohlgefiel, und sie traten fröhlichen Mutes in den lichterhellten Wirtschaftssaal, an dessen Wänden zahlreiche Degen und dreieckige Hüte hingen, den Gästen entsprechend, die an verschiedenen großen Tischen saßen.

Kleine Bratwürstchen, Pastetlein, Muskatwein und Malvasier, so hießen die Dinge, welche die wiedervereinigte halbe Gesellschaft für vaterländische Geschichte zu sich nahm, und zwar nach den genauen Aufzeichnungen des Kundschafters der katonischen Hälfte, der den beiden letzten Ausreißern durch alle Seitengäßchen ungesehen gefolgt war und nun, den Hut tief in die Stirn gedrückt, unter der Flügeltür stand und keinen Teller aus den Augen verlor. Und das alles vor dem Nachtessen, das ihrer doch zu Hause wartete, und nach Anhörung einer Rede des großen Vater Bodmer: »Von der Notwendigkeit der Selbstbeherrschung als Sauerteig eines bürgerlichen Freistaats!«

Die jungen Epikuräer ließen es sich darum nicht weniger schmecken; die Freundschaft, als eine echt männliche Tugend, feierte auch hier ihre Triumphe, denn Martin Leu schloß mit Salomon Landolt einen Herzensbund für das Leben, nicht ahnend, daß derselbe es auf seine Schwester abgesehen habe und im übrigen ein mäßiger Geselle sei, der dem Gütlichtun um seiner selbst willen nicht viel nachfrage.

Die Folgen des Exzesses ließen nicht auf sich warten. Ohne Vorwissen Bodmers gingen die Strengsittlichen zu Werke und verschmähten nicht, zur geheimen Anzeige an die Staatsgewalten zu greifen, deren Druck sie doch zu mildern gedachten. Die Sache gelangte in der Tat als vertrauliches Traktandum vor die oberste Sittenverwaltung, die Reformationskammer. Es wurde aber für klug befunden, die Sünder als Söhne angesehener Geschlechter und als übrigens begabte junge Männer zur gütlich-mündlichen Ermahnung zu ziehen, in der Weise, daß jedem Reformationsherrn eine oder zwei Personen im stillen zur zweckdienlichen stillen Erledigung überwiesen wurden.

Der ältere Herr Leu erhielt billigermaßen seinen eigenen Herrn Neffen und dessen speziellen Mittäter Salomon zugeteilt. Als letzterer eine Einladung zum Mittagessen bei dem Ratsherrn empfing, auf einen Sonntag punkt zwölf Uhr, war er von dem Neffen bereits in Kenntnis gesetzt, um was es sich handle. Erwartungsvoll durchschritt er die leeren Gassen, welche von der Bevölkerung der strengen Sonntagsfeier wegen gemieden waren; nur eine beträchtliche Zahl schwerer Pastetenkörbe kreuzte an der Hand der Bedienten auf den stillen Straßen, Plätzen und Brücken, gleich ernsten holländischen Orlogschiffen. Salomon folgte einem dieser Schiffe, dessen Steuermann er kannte, in einiger Entfernung und mit wachsender Aufregung, weil er die Figura Leu zu sehen hoffte und zugleich einen Verweis in ihrer Gegenwart zu empfangen Gefahr lief.

»Der Herr bekommt eine Predigt!« rief sie ihm auf dem Korridor entgegen, als er denselben entlang schritt, »aber trösten sie sich! Auch ich habe die Mandate verletzt, sehen sie mal her!«

sie präsentierte sich anmutsvoll vor ihm, und er sah, daß sie ein straffes Seidenkleid, schöne Spitzen und ein mit blitzenden Steinen besetztes Halsband trug.

»Das geschieht,« sagte sie, »damit die Herren sich nicht vor mir zu schämen brauchen, wenn sie abgekanzelt zu Tische kommen! Kuf wiedersehen!« Damit verschwand sie wieder so rasch, wie sie erschienen war. In den Mandaten war wirklich den Frauen alles verboten, was Figura am schlanken Leibe trug.

Salomon Landolt wurde zunächst in das Kabinett des Reformationsherrn geführt, wo er den Martin Leu traf, der ihm lachend die Hand schüttelte.

»Ihr Herren!« begann der Oheim seine Ansprache, nachdem die jungen Leute sich aufmerksam nebeneinander postiert hatten, »es sind zwei Gesichtspunkte, von denen aus ich die bewußte Angelegenheit Euch ans Herz legen möchte. Einmal ist es nicht gesund, vor dem Nachtessen und zu ungewohnter Zeit Speisen und Getränke, besonders wenn letztere südlicher Art sind, zu sich zu nehmen und den Gaumen an dergleichen frequente Leckerhaftigkeit zu gewöhnen. Vorzüglich aber sollten sich junge Officiers solcher Näschereien enthalten, weil sie den Mann vor der Zeit dickleibig und zum Dienste untauglich machen. Zweitens aber, wenn es denn doch sein soll und die Herren einer Kollation bedürftig sind, so ist es meiner Ansicht nach junger Bürger und Officiers unwürdig, sich heimlich wegzustehlen und durch hundert dunkle Gäßlein zu springen. Sondern ohne Worte der Entschuldigung, ohne Heimlichkeit und ohne Scheu tun rechte Junggesellen das, was sie vor sich selbst meinen verantworten zu können! Nun wollen wir aber schnell zum Essen gehen, sonst wird die Suppe kalt!«

Figura Leu empfing die drei Herren im Speisezimmer und machte mit scherzhafter Grandezza die Wirtin, da der Oheim verwitwet war. Erstaunt sah dieser ihren glänzenden Putz, und sie erklärte ihm sogleich, daß sie absichtlich das Gesetz beleidige, um ihr armes Brüderchen nicht allein am Pranger stehen zu lassen. Der Reformationsherr lachte herzlich über den Einfall, während Figura dem Salomon Landolt den Teller so anfüllte, daß er Einsprache erheben mußte.

»Hat die Vermahnung schon so gut angeschlagen?« sagte sie, ihm einen lachenden Blick zuwerfend.

Jetzt erwachte aber auch seine gute Laune, und er wurde so lustig und unterhaltsam mit tausend Einfällen, daß Figuras silbernes Gelächter fast ohne Aufhören ertönte und sie vor lauter Aufmerksamkeit keine Zeit mehr fand, eigene Witze zu machen. Nur der Ratsherr löste ihn zuweilen ab, wenn er aus seiner längeren Erfahrung treffliche Schwänke zum besten gab, vorzugsweise charakteristische Vorfälle aus dem Amtsleben und dem beschränkten und doch stets so leidenschaftlichen Treiben der Geistlichkeit. Auch die tiefen Einwirkungen der Hausfrauen in Rat und Kirche traten in komischen Beispielen an das Licht, und man merkte wohl, daß der Reformationsherr seinen Voltaire nicht ungelesen ließ.

»Herr Landolt,« rief Figura beinahe leidenschaftlich, »wir zwei wollen nie heiraten, damit uns solche Schmach nicht widerfahre! Die Hand drauf!«

Und sie hielt ihm die Hand hin, welche Salomon rasch ergriff und schüttelte.

»Es bleibt dabei!« sagte er lachend, jedoch mit Herzklopfen; denn er dachte das Gegenteil und nahm die Worte des schönen Mädchens für eine Art von verkapptem Entgegenkommen oder Aufmunterung. Auch der Ratsherr lachte, wurde aber gleich wehmütig, als die Kirchenglocken sich hören ließen und das erste Zeichen zur Nachmittagspredigt anschlugen.

»Schon wieder diese Mandate!« rief er; es war nämlich auch verboten, die Mittagsmahlzeiten in den Familien über den Gottesdienst auszudehnen, und es war unversehens zwei Uhr geworden. Alle beschauten trübselig den noch schön versehenen wohnlichen Tisch; Martin, der Neffe, öffnete schnell noch eine Dessertflasche, indessen der Reformationsherr wegeilte, um seinen Kirchenhabit anzuziehen, da Rang und Sitte ihm geboten, zum Münster zu gehen. Bald erschien er wieder im schwarzen Talar, den weißen Mühlsteinkragen um den Hals und den konischen Hut auf dem Kopf. Er wollte nur noch sein Gläschen austrinken; da aber Landolt eben einen neuen Schwank erzählte, setzte er sich noch einen Augenblick hin, die Unterhaltung geriet von neuem in Fluß und stockte erst, als durch das Aufhören des vollen Kirchengeläutes, das längst begonnen hatte, plötzlich die Luft still wurde.

Betroffen sagte Herr Leu, der Oheim: »Nun ist es zu spat, Martin, schenk' ein! wir wollen uns hier geduckt halten, bis die Zeit erfüllet ist!«

Figura Leu aber klatschte in die Hände und rief fröhlich: »Nun sind wir alle Übeltäter, und von welch schöner Sorte! Darauf wollen wir anstoßen!«

Wie sie das geschliffene Gläschen mit dem bernsteinfarbigen Wein lächelnd erhob und ein Strahl der Nachmittagssonne nicht nur das Gläschen und die Ringe an der Hand, sondern auch das Goldhaar, die zarten Rosen der Wangen, den Purpur des Mundes und die Steine am Halsbande einen Augenblick beglänzte, stand sie wie in einer Glorie und sah einem Engel des Himmels gleich, der ein Mysterium feiert.

Selbst der sorglose Bruder wurde von dem erbaulichen Anblick betroffen und hätte die schimmernde Schwester gern in den Arm genommen, wäre nicht die Erscheinung dadurch zerstört worden: auch der Oheim betrachtete das Mädchen mit Wohlgefallen und unterdrückte einen aufsteigenden Seufzer der Besorgnis für ihr Schicksal.

Als noch ein Stündchen verflossen war und der Abend nahte, schlug der Ratsherr den beiden Gesellen vor, sich nach der Promenade im Schützenplatze zu begeben, wo längs den zwei Flüssen, die denselben einfassen, die schönen Baumalleen stehen.

»Dort geht jetzt«, sagte er, »der edle Bodmer spazieren, umgeben von Freunden und Schülern, und spricht treffliche Worte, die zu hören Gewinn ist. Wenn wir uns ihm anschließen, so stellen wir unsere Reputation allerseits wieder her; indessen mag Figura ihre Sonntagsgespielinnen aufsuchen, die übungsgemäß am gleichen Orte lustwandeln, ehe sie die eingemachten Kirschen essen, mit denen sie sich in unschuldiger Weise bewirten.«

Diesen Ratschlag ausführend, gingen die Männer nach der genannten Promenade, auf welcher sich verschiedene Gesellschaften als geschlossene Körper auf und nieder bewegten. Darunter befand sich in der Tat Bodmer mit seinem Gefolge und besprach im Gehen den Unterschied zwischen Ideal und Wirklichkeit, zwischen der Republik Platos und einer schweizerischen Stadtrepublik, wobei er auf alle möglichen Vorgänge zu sprechen kam und allerhand Dummheiten und Unzukömmlichkeiten mit unverkennbaren Seitenhieben bezeichnete.

Die Herren Leu und Landolt schlössen sich nach gehöriger Bekomplimentierung dem Bodmerschen Zuge an und spazierten mit demselben weiter. Salomon Landolt war mit seinem lebhaften Wesen, und überdies nicht von der größten Aufmerksamkeit erfüllt, bald einige Schritte voraus, während Bodmer zum Thema einer öffentlichen Erziehung nach bestimmten Staatsgrundsätzen überging.

Einer Gesellschaft junger Damen, die jetzt von einer Seitenallee her über die Hauptallee spazierte, ging in ähnlich ungeduldiger Weise Figura Leu voran; Landolt machte seinen tiefsten Bückling, und alle Herren hinter ihm zogen ebenfalls ihre dreieckigen Hüte und machten ihre Komplimente, daß alle Degen hinten in die Höhe stiegen; Figura verneigte sich mit unnachahmlichem Ernste und mit großen Zeremonien, und alle Demoiselles hinter ihr, an die zwanzig Gespielinnen, taten es ihr nach.

Als Bodmer ein Schulwerk Basedows kritisierte, kam der Damenzug, diesmal in gerader Richtung, abermals entgegen und es erfolgte in gleicher Weise die Begrüßung, die noch länger andauerte, bis alle vorbei waren. Übergehend zum Nutzen der Schaubühnen, die Bodmer nicht ohne Anspielungen auf seine eigenen dramatischen Versuche abhandelte, wurde er wiederum durch den nämlichen zeremoniellen Vorgang unterbrochen, so daß man aus dem Hüteschwingen und Verbeugen nicht herauskam, fast zum Verdrusse des würdigen Altmeisters.

Freilich lag die Schuld einigermaßen an Salomon Landolt, der als Jäger und Soldat die Bewegungen des feindlichen Korps stets im Auge zu behalten verstand, und die gelehrten Herren, ohne daß sie es merkten, die Wege einschlagen ließ, welche zu den wiederholten Begegnungen führten. Figura griff aber jedesmal so pünktlich und zuverlässig mit ihren ungeheuren Knicksen ein, daß er es nicht bereute. Auch dünkte ihn dieser Tag, als er vollbracht war, der schönste, den er bis jetzt erlebt hatte.

Das lustige Fräulein lag ihm nun stündlich im Sinn; allein die heitere Ruhe, welche er bei der Salome, dem Distelfink, bewahrt hatte, war jetzt dahin, und es erfüllte ihn, so oft er sie längere Zeit nicht sah, Traurigkeit und Furcht, das Leben ohne Figura Leu zubringen zu müssen. Auch sie schien ihm herzlich zugetan zu sein; denn sie erleichterte seine Bemühungen, in ihre Nähe zu kommen, und ging mit ihm um, wie mit einem guten Kameraden, der zu jedem Scherz aufgelegt und für jeden Sonnenblick guter Laune empfänglich ist. Sie legte ihm hundertmal die Hand auf die Achsel oder gar den Arm um den Hals; sobald er aber vertraulich ihre Hand ergreifen wollte, zog sie dieselbe beinahe hastig zurück; wagte er vollends ein zärtlicheres Wort oder einen verräterischen Blick, so ließ sie das mit kalter Nichtbeachtung abgleiten. Mitunter verfiel sie sogar in spöttische Äußerungen, die sie wegen unbedeutender Dinge gegen ihn richtete und die er schweigend hinnahm, in seiner Verlegenheit aber nicht merkte, wie sie trotzdem einen warmen und teilnahmvollen Blick auf ihn geworfen hatte.

Bruder und Oheim sahen diesen seltsamen Verkehr wohl, ließen die jungen Leute aber gewähren und nahmen die Art des Mädchens wie etwas, das nicht zu ändern ist, zumal sie den vollkommen ehrenhaften und biedern Charakter Salomons kannten.

Eines Tages jedoch kam das Verhältnis zum Austrag. Salomon Geßner, der Dichter, hatte, da der Sommer begonnen, seine Amtswohnung im Sihlwalde bezogen, dessen Oberaufsicht ihm von seinen Mitbürgern übertragen worden war. Ob er das Amt wirklich selbst verwaltete, ist nicht mehr erfindlich; so viel ist gewiß, daß er in jenem Sommerhause dichtete und malte und sich mit den Freunden lustig machte, die ihn häufig besuchten. Dieser neue Salomo, der in unsern Geschichten erscheint, stand dazumal in der Blüte seines Lebens und eines Ruhmes, der sich bereits über alle Länder verbreitet hatte; was von diesem Ruhme verdient und gerecht war, trug er mit der Anspruchslosigkeit und Liebenswürdigkeit, die nur solchen Menschen eigen sind, die wirklich etwas können. Geßners idyllische Dichtungen sind durchaus keine schwächlichen und nichtssagenden Gebilde, sondern innerhalb ihrer Zeit, über die keiner hinaus kann, der nicht ein Heros ist, fertige und stilvolle kleine Kunstwerke. Wir sehen sie jetzt kaum mehr an und bedenken nicht, was man in fünfzig Jahren von alledem sagen wird, was jetzt täglich entsteht.

Sei dem wie ihm wolle, so war die Luft um den Mann, wenn er in seiner Waldwohnung saß, eine recht poetische und künstlerische, und sein mehrseitiges fröhliches Können, verbunden mit seinem unbefangenen Humor, erregte stets goldene Heiterkeit. Sowohl seine eigenen Radierungen als die von Zingg und Kolbe nach seinen Gemälden gestochenen Blätter werden in hundert Jahren erst recht eine gesuchte Ware in den Kupferstichkabinetten sein, während wir sie jetzt für wenige Batzen einander zuschleudern.

An einer Porzellanfabrik beteiligt, hatte er mit leichter Hand versucht, in Bemalung der Gefäße selbst voranzugehen, und nach kurzer Übung die Ausschmückung eines stattlichen Teegeschirrs übernommen und zum Gelingen gebracht. Das zierliche Werk sollte nun im Sihlwalde eingeweiht werden; Freunde und Freundinnen waren zu der kleinen Feier geladen und der Tisch am Ufer des Flusses unter den schönsten Ahornbäumen gedeckt, hinter denen die grüne Berghalde, Kronen über Kronen, zu dem blauen Sommerhimmel emporstieg.

Auf dem blendendweißen, mit Ornamenten durchwobenen Tischtuch aber standen die Kannen, Tassen, Teller und Schüsseln, bedeckt mit hundert kleinern und größern Bildwerklein, von denen jedes eine Erfindung, ein Idyllion, ein Sinngedicht war, und der Reiz bestand darin, daß alle diese Dinge, Nymphen, Satyrn, Hirten, Kinder, Landschaften und Blumenwerk mit leichter und sicherer Hand hingeworfen waren und jedes an seinem rechten Platz erschien, nicht als die Arbeit eines Fabrikmalers, sondern als diejenige eines spielenden Künstlers.

Der so geschmückte Tisch war mit den rundlichen Sonnenlichtern bestreut, welche durch das ausgezackte Ahornlaub fielen und nach dem leisen Takte des Lufthauches tanzten, der die Zweige bewegte; es war zuweilen wie eine sanfte, feierliche Menuett, welche die Lichter ausführten.

Schon saß Herr Geßner wieder im Anschauen dieses Spieles verloren, als der erste Wagen mit den erwarteten Gästen anlangte. In ihm saß der weise Bodmer, der züricherische Cicero, wie ihn Sulzer zu nennen pflegte, und der Kanonikus Breitinger, der in jüngern Tagen den Krieg gegen Gottsched mit ihm gestritten hatte. Sie saßen aber auf den Rücksitzen, da sie ihre ehrbaren Hausfrauen mitführten. Andere Kutschen brachten andere Freunde und Gelehrte, die alle einen außerordentlich muntern und geistreichen Jargon sprachen, belebt von einer Mischung literarischen Stutzertums und helvetischer Biederkeit, oder, wenn man will, altbürgerlicher Selbstzufriedenheit.

Ein letzter Wagen war mit jungen Mädchen angefüllt, worunter Figura Leu, und begleitet von Martin Leu und Salomon Landolt, die zu Pferde saßen.

Alle die würdigen und schönen Personen bewegten sich alsbald unter den Bäumen in großer Fröhlichkeit herum; das bemalte Porzellanzeug wurde betrachtet und höchlich gelobt; allein es dauerte nicht lang, so führte Salomon Geßner mit der Figura Leu die Szene auf, wie ein blöder Schäfer von einer Schäferin im Tanz unterrichtet wird, und er machte das so lustig und natürlich, daß ein allgemeiner Mutwillen entstand und Frau Geßner, die hübsche geborne Heideggerin, Mühe hatte, die Gesellschaft endlich zum Sitzen zu bringen, damit ihrer Bewirtung Ehre angetan würde.

Dem ruhigen Gespräche, das hiebei Raum gewann, wurde Nahrung gegeben durch einen jener Enthusiasten, die alles persönliche hervorzerren müssen. Derselbe hatte schon die neuesten Ereignisse des Geßnerschen Lebens aufgestöbert, vielleicht nicht ohne Wegeleitung der trefflichen Gattin. Es waren verschiedene Briefe aus Paris gekommen. Rousseau schrieb Herrn Huber, einem Übersetzer Getzners, die schmeichelhaftesten Dinge über letzteren, und wie er dessen Werke nicht mehr aus der Hand lege. Diderot wünschte sogar, einige seiner Erzählungen mit den neuesten Idyllen Geßners in einem Bande gemeinschaftlich erscheinen zu lassen. Daß Rousseau für den idealen Naturzustand jener idyllischen Welt schwärmte, war am Ende nichts Wunderbares; daß aber der große Realist und Enzyklopädist nach dem Vergnügen strebte, mit dem harmlosen Idyllendichter Arm in Arm aufzutreten, erschien als die erdenklich wichtigste Ergänzung des Lobes und gab zum Verdrusse Geßners Anlaß zu den breitesten Erörterungen.

Dadurch aber wurde Bodmer, der Cicero, aus seinem Gleichgewichte geworfen, daß die menschliche Narrheit, die auch dem Weisesten innewohnt, die Oberhand bekam und frei wurde, indem er nun unaufhaltsam und rücksichtslos seine dichterische Seite hervorkehrte. Er erinnerte wehmütig daran, wie er einst mit dem jungen Wieland zusammen in begeisterter Freundschaft, er, der Ältere, Bewährte, mit dem aufgehenden Jugendgestirn, im Entwerfen vieler heiliger Dichtungen gewetteifert: und wo seien nun jene edelsten Freuden geblieben?

Die hageren Beine übereinandergelegt, im Stuhle zurückgelehnt und wegen der kühleren Waldluft einen leichten grauen Sommerüberwurf malerisch umgeschlagen, gab er sich in lauter Melancholie dem Andenken an jene trüben Erfahrungen hin, da kurz nacheinander die seraphischen Jünglinge Klopstock und Wieland, die er nach Zürich gerufen, seine heilige Vaterfreundschaft und poetische Bruderschaft so schnöde getäuscht und hintergangen hatten, der eine, indem er sich zu einer Schar zechender Jugendgenossen schlug und einen erschreckenden Weltsinn bekundete, statt am Messias zu arbeiten: der andere, indem er immer mehr mit allen möglichen Weibern zu verkehren begann und damit endete, der frivolste und liederlichste Verseschmied, nach seiner Ansicht, zu werden, der jemals gelebt, dergestalt, daß Bodmer alle Hände voll zu tun hatte, die Schande und den Kummer mit einer unerschöpflichen Flut von furchtbaren Hexametern in ehrwürdigen Patriarchiden zu bekämpfen.

So kam er dann auf den Geprüften Abraham, auf Jakobs Wiederkunft aus Haran, auf die Noachide, die Sündflut und alle jene Monumente seiner ruhelosen Tätigkeit zu sprechen und rezitierte zahlreiche Glanzstellen aus denselben. Dazwischen flocht er tadelhafte Neuigkeiten ein, die seine allverbreiteten Korrespondenzen ergaben, wie z. B. der Rat von Danzig den jungen poesiebeflissenen Bürgern der Stadt den Gebrauch des Hexameters als eines für die bürgerlichen Gelegenheiten unanständigen und aufrührerischen Vehikels verboten habe.

Auch beschrieb er mit maliziösem Lächeln als Charakteristikum moderner Freundschaft, wie er einem Freund und Pfarrer vom Erscheinen eines feindlich-schlechten Spottgedichtes auf ihn, betitelt »Bodmerias«, vertraute Mitteilung gemacht; wie der Freund sich darüber entrüstet gezeigt, daß man das Vergnügen an den unsterblichen Bodmerischen Werken auf so boshafte und widrige Art zu stören wage; hoffentlich werde solche Bübereien kein ehrbarer Mensch lesen, alles mit mehrerem; wie aber der lüsterne Geistliche mit der Anfrage geschlossen, ob er ihm diese Bodmerias nicht auf einen Tag verschaffen könne, da nach überwundenem Verdrusse das Divertissement an denen so werten Poesien sich unzweifelhaft verdoppeln werde!

Die Anwesenden lächelten ergötzt über den neugierigen Pfarrer, den sie errieten. Bodmer aber ließ in höherer Erregung seinen Überwurf auf die Hüften sinken, sich vorbeugend, daß ei einem römischen Senator gleich sah, und rief:

»Dafür geht er auch der Erwähnungsstelle verloren, die ich ihm in der neuen Auflage der Noachide bestimmt hatte; denn er hat sich nicht geläutert genug erwiesen, an meiner Hand in die Zukunft hinüber zu schreiten!«

Er führte nun aus, welchen Bewährten unter seinen Freunden er solche Erwähnungsstellen in seinen Verschiedenen Epopöen schon gewidmet habe und welchen er diese Vergünstigung noch zuzuwenden gedenke, je nach der Bedeutung des Mannes in größeren oder geringeren Werken, in einer größeren oder kleineren Anzahl von Versen.

Mit scharf prüfendem Auge blickte er um sich und alle schauten vor sich nieder, die einen errötend, die andern erbleichend, alle aber schweigend, da er eine ernste Musterung zu halten schien.

Allmählich ward seine Stimmung milder; er lehnte sich wieder zurück, der vergangenen Tage gedenkend, und sagte mit weichem Tone, in die grüne Berghalde hinaufblickend:

»Ach, wo ist jene goldene Zeit hin, da mein junger Wieland den Vorbericht zu unsern gemeinsamen Gesängen schrieb und die Worte hinzusetzte: ›Man hat es vornehmlich unserer göttlichen Religion zuzuschreiben, wenn wir in der moralischen Güte unserer Gedichte etwas mehr als *Homere* sind‹?«

In dem Augenblicke, als er wieder abwärts sah, gewahrte er eine seltsame Szene, so daß er plötzlich aufsprang und streng ausrief: »Was macht die Närrin?«

schon die ganze Zeit über war nämlich Salomon Landolt etwas seitwärts unter den Bäumen für sich auf und ab gegangen, über seine Herzensangelegenheit nachdenkend und erwägend, ob nicht am heutigen Tage etwas Entscheidendes geschehen könnte?

Er trug damals einen ansehnlichen Haarbeutel mit großen Bandschleifen. Figura Leu aber hatte sich im Hause ein kleines Taschenspiegelchen und einen runden Handspiegel verschafft. Das erstere wußte sie ihm, als ob sie an demselben etwas zu ordnen hätte, unbemerkt an dem Haarbeutel zu befestigen, worauf er seinen Spaziergang ruhig fortsetzte. Sogleich aber schritt sie, auf dem Moosboden unhörbar für ihn, mit pantomimischen Tanzschritten hinter ihm her, auf und nieder, so leicht und zierlich wie eine Grazie, und führte ein allerliebstes Spiel auf, indem sie sich fortwährend in dem Spiegel auf Landolts Rücken und in dem Handspiegel abwechselnd beschaute und zuweilen den Handspiegel und ihren Oberkörper, immer tanzend, so wendete, daß man sah, sie bespiegle sich von allen Seiten zugleich.

Wie ein Blitz war in dem geistig beweglichen und klugen Greisen der Verdacht aufgefahren, es werde hier von mutwilliger Jugend das Bild einer eiteln Selbstbespiegelung dargestellt, und zwar der seinigen, in Übersetzung der von ihm gehaltenen Reden. Alle wendeten sich nach der Richtung, in welcher sein langer knochiger Zeigefinger wies, und belachten das artige Schauspiel, bis endlich auch Landolt aufmerksam wurde, sich verwundert umschaute und noch die Figura ertappte, wie sie schnell das Spiegelchen ihm vom Rücken nahm.

»Was soll das bedeuten?« sagte der alte Professor, der sich schon gefaßt hatte, mit ruhiger und sanfter Stimme; »will die Jugend das geschwätzige Alter verspotten?«

Was Figura eigentlich gewollt, wurde nie ermittelt; nur so viel ist sicher, daß sie in großer Verlegenheit dastand und von Reue befallen war; in der Angst zeigte sie auf Landolt und sagte: »Sehen Sie denn nicht, daß ich nur mit diesem Herrn scherze?«

Nun wurde Salomon Landolt rot und blaß, da er sich für den Gefoppten halten mußte, und weil die Gesellschaft endlich auch die zweifelhafte Natur des Schauspiels wahrnahm, verbreitete sich eine stille, etwas peinliche Spannung.

Da sprang Salomon Geßner ein, ergriff den Handspiegel und rief:

»Mitnichten handelt es sich um irgendeine Verspottung! Das Fräulein hat die Wahrheit darstellen wollen, wie sie im Gefolge der Tugend geht, die hoffentlich niemand unserem Landolt abstreiten wird! Aber dennoch hat die Darstellerin gefehlt, denn die Wahrheit soll einzig um ihrer selbst willen bestehen und weder von der Tugend noch vom Laster in dieser oder jener Weise abhängig sein! Laßt sehen, ob ich's besser kann!«

Hiemit nahm er ein Schleiertuch der nächsten Dame, drapierte sich damit die Hüften, als ob er antikisch unbekleidet wäre, und bestieg, den Spiegel in der Hand, einen Steinblock als Piedestal, auf welchem er mit verrenkter Körperhaltung und süßlichem Mienenspiel die Bildsäule einer zopfigen Veritas so drollig zur Erscheinung brachte, daß Gelächter und Fröhlichkeit zurückkehrten.

Nur Salomon Landolt blieb in zerstörter Laune und schlich sich weg, einen entlegenem Waldpfad aufsuchend, um seine Gedanken zu sammeln und nachher als ein tapferer Mann aus der Affäre abzureiten. Er war aber noch nicht lange gegangen, so hing unversehens Figura Leu an seinem Arm.

»Ist es erlaubt, mit dem Herrn zu promenieren?« flüsterte sie ihm zu und schritt dann mit leichtem Fuß eine Weile neben dem Schweigenden hin, der sie trotz seines Schweigens keineswegs vom Arme ließ. Als sie aber auf einer gewissen Höhe angekommen waren, wo kein Auge sie mehr erreichen konnte, stand sie still und sagte:

»Ich muß einmal mit Ihnen sprechen, da ich sonst elendiglich umkomme. Zuerst aber dieses!«

Damit schlang sie beide Arme um seinen Hals und küßte ihn. Als er dergleichen fortsetzen wollte, stieß sie ihn aber kräftig zurück.

»Das will sagen,« fuhr sie fort, »daß ich Ihnen gut bin und weiß, daß Sie mir es auch sind! Aber hier heißt's nun Amen! Aus und Amen! Denn wissen Sie, daß ich meiner Mutter auf ihrem Sterbebette versprochen habe, eine Minute ehe sie den Geist aufgab, daß ich niemals heiraten werde! Und ich will und muß das Versprechen halten! Sie war geisteskrank, erst schwermütig, dann schlimmer, und nur in der letzten Stunde wurde sie noch einmal licht und sprach mit mir. Es ist in der Familie, taucht bald da, bald dort auf; früher übersprang es regelmäßig eine Generation, doch die Großmutter hat's gehabt, dann die Mutter, und nun fürchtet man, ich werde es auch bekommen!«

Sie ließ sich auf die Erde nieder, bedeckte das Gesicht mit den Händen und fing bitterlich an zu weinen.

Landolt kniete erschüttert bei ihr, suchte ihre Hände zu fassen und sie zu beruhigen. Er suchte nach Worten, ihr seinen Dank, seine Gefühle auszudrücken, konnte aber nichts sagen, als: »Nur Mut, das wollen wir schon machen! Das wäre etwas Schönes; da wird nichts draus« usw.

Allein sie rief mit erschreckender Überzeugung: »Nein, nein! Ich bin jetzt schon nur so lustig und töricht, um die Schwermut zu verscheuchen, die wie ein Nachtgespenst hinter mir steht, ich ahne es wohl!«

Es gab damals bei uns zu Lande noch keine besondern Anstalten für solche Kranke; die Irren wurden, wenn sie nicht tobten, in den Familien behalten und lebten langehin als unselige dämonische Wesen in der Erinnerung.

Schneller, als er hoffte, erhob sich aber das weinende Mädchen; sie trocknete das Gesicht sorgfältig und entfloh der Trauer mit instinktiver Eile.

»Genug für jetzt!« rief sie. »Sie wissen es nun! Sie müssen ein gutes, schönes Wesen heiraten, das klüger ist, als ich! Still, schweigen sie! Das ist das Punktum!«

Landolt wußte für einmal nichts weiter zu sagen; er blieb gerührt und erschüttert von dem ernst drohenden Schicksale; aber er fühlte auch ein sicheres Glück in sich, das er nicht zu verlieren gedachte. Sie gingen noch so lange miteinander herum, bis die Spuren der Aufregung in Figuras schönem Gesicht verschwunden waren, und kehrten dann zu der Gesellschaft zurück.

Dort war bereits ein kleiner Ball unter den jüngern Leuten im Gange, da Herr Geßner für ein paar ländliche Musikanten gesorgt hatte.

Als aber Figura erschien, forderte der versöhnte Bodmer selbst sie auf, eine Tour mit ihm zu probieren, damit er seine Jugendlichkeit noch dartun könne. Nachher tanzte sie, so oft es ohne auffällig zu werden geschehen konnte, mit Landolt, dem sie zuflüsterte, es müsse das der letzte Tag ihrer Vertraulichkeit sein, da sie nie wisse, wann sie in das unbekannte Land abberufen werde, wo die Geister auf Reisen gehen.

Auf der Fahrt nach der Stadt ritt er an der Seite des Wagens, auf welcher sie saß. Ihr Zünglein stand noch einen Augenblick still; von einem fruchtbeladenen Kirschbaum, unter dem er wegritt, brach er rasch einen Zweig voll korallenroter Kirschen und warf ihr denselben auf den Schoß.

»Danke schön!« sagte sie und bewahrte den Zweig mit den vertrockneten Früchten noch dreißig Jahre lang sorgfältig auf; denn sie blieb bei guter Gesundheit, und das düstere Schicksal erschien nicht. Dennoch verharrte sie unabänderlich auf ihrem Entschlusse; auch ihr Bruder Martin, welchen Salomon am nächsten Tage in aller Frühe aufsuchte, um mit ihm zu sprechen, bestätigte ihre Aussage und daß es für eine ausgemachte Sache im Hause gelte, in welchem von jeher vorzüglich die Frauen jenem Unglück ausgesetzt gewesen seien. Keinen liebern Schwager, beteuerte Martin, möchte er sich wünschen als Landolten; allein er müsse ihn selbst bitten, um der Ruhe und des Friedens ihres Gemütes willen, die sich bis jetzt so leidlich erhalten, von allem weiteren abzustehen.

Landolt ergab sich nicht sogleich; vielmehr harrte er im stillen jahrelang, ohne daß jedoch eine Änderung in der Sache eintrat. Sein guter Mut erhielt sich nur dadurch, daß nach den abgemessenen Zwischenräumen, nach welchen er die Figura Leu wieder sah, ihre Augen ihm jedesmal zu verstehen gaben, daß er ihr liebster und bester Freund sei.

Kapitän

Salomon lebte sieben volle Jahre dahin, ohne sich weiter um die Frauenzimmer zu kümmern, und nur der Hanswurstel, wie er die Figura Leu nannte, wohnte noch in seinem Herzen. Endlich aber gab es doch wieder eine Geschichte.

Aus holländischen Kriegsdiensten zurückgekehrt, hauste damals in Zürich ein gewisser Kapitän Gimmel, der von seiner verstorbenen Frau, die eine Holländerin gewesen, eine Tochter mit sich führte und von einem kleinen Vermögen, sowie von seiner Pension in der Art lebte, daß er fast alles für sich allein brauchte.

Dieser Mann war ein arger Trunkenbold und Raufer, der sich besonders auf seine Fechtkunst etwas einbildete und, obgleich keineswegs mehr jung, doch immer mit den jungen Leuten verkehrte, lärmte und Skandal machte. Als Landolt einst in seine Nähe geriet und ihm die Prahlereien des Kapitäns zuwider wurden, nahm er dessen Herausforderungen auf und begab sich mit der Gesellschaft in das Haus Gimmels, wo ein förmlicher Fechtsaal gehalten wurde. Dort gedachte Landolt dem alten Raufer trotz seines Lederpanzers ein paar tüchtige Rippenstöße beizubringen; denn er war selbst ein guter Fechter und hatte sich schon als kleiner Junge im Schlosse zu Wülflingen und später auf der Metzer Kriegsschule sowie in Paris fleißig geübt.

Der Saal erdröhnte denn auch bald von den Tritten und Sprüngen der Fechtenden und von dem Schalle der Waffen, und Landolt setzte dem Kapitän allmählich so heftig zu, daß er zu schnauben begann; aber jener ließ plötzlich seinen Degen sinken und starrte wie verzaubert nach der aufgehenden Tür, durch welche die Tochter des Kapitäns, die schöne Wendelgard, mit einem Präsentierteller voll Likörgläschen hereintrat.

Das war nun freilich eine herrliche Erscheinung zu nennen. Über Vermögen reich gekleidet, wie es schien, die hohe Gestalt von Seide rauschend, trat doch alle Pracht zurück vor der seltenen Schönheit der Person. Gesicht, Hals, Hände, Arme, alles von genau derselben weißen Hautfarbe, wie wenn ein parischer Marmor bekleidet worden wäre; dazu ein rötlich schimmerndes, üppiges Haar, von dessen Seide jeder einzelne Faden hundertfach gewellt war; große, dunkelblaue Augen, sowie der Mund schienen wie von einem fragenden Ernste, ja fast von leiser Sorge zu reden, wenn auch nicht gerade von geistigen Dingen herrührend.

Als diese glänzende Person sich umsah, wo sie das Gläserbrett abstellen könne, wies der Kapitän, über die willkommene Unterbrechung erfreut, das Fenstergesimse dazu an. Die jungen Männer aber begrüßten sie mit derjenigen Höflichkeit, welche man einer solchen Schönheit unter allen Umständen schuldig ist. Sie entfernte sich, indem sie sich verneigte, mit einem anmutsvollen Lächeln, welches den Ernst ihrer Züge durchbrach; dabei warf sie rasch einen schüchternen Blick auf den erstaunten Salomon, welchen sie zum erstenmal im Hause sah. Der Papa jedoch holte verschiedene holländische feine Schnäpse herbei und wußte mit dem Anbieten derselben über die Fortsetzung des Waffenganges hinwegzugleiten.

Landolt dachte auch nicht mehr daran, dem Kapitän Gimmel weh zu tun; denn der war in seinen Augen mit *einem* Schlag in einen Zauberer verwandelt, der goldene Schätze besaß und Glück oder Unglück aus den Händen schütten konnte. Er machte ohne Besinnen eine Wasserfahrt mit, die Gimmel nach einem guten Weinorte vorschlug, und so ungewohnt ihm das unharmonische Gebaren des ältlichen Renommisten erschien, war er jetzt gegen ihn die Duldung und Nachsicht selber.

Wessen das Herz voll ist, davon läuft der Mund über, und zu einer Neuigkeit kommt die andere. Um von der schönen Wendelgard etwas sprechen zu hören, brachte er von der Zeit an ihren Namen mit behender List, aber so beiläufig und trocken als möglich, überall aufs Tapet, und zu gleicher Zeit machte sie, die sonst noch so wenig bekannt gewesen, selbst von sich reden durch den Leichtsinn, mit welchem sie eine ziemliche Menge Schulden kontrahiert haben sollte, so daß der unerhörte Fall eintrat, daß ein junges Mädchen, eine Bürgerstochter, am Rande eines schimpflichen Bankerottes schwebte, denn der Vater, hieß es, verweigere jegliche Bezahlung der ohne sein Wissen gemachten Schulden und bedrohe die mahnenden Gläubiger mit Gewalttaten, die Tochter aber mit Verstoßung.

Die Sache schien sich so zu verhalten, daß letztere, um für die Bedürfnisse des Haushaltes zu sorgen, und vom Vater ohne die nötigen Mittel gelassen, zum Borgen ihre Zuflucht genommen und dann für sich selbst diesen tröstlichen Ausweg zu oft und immer öfter eingeschlagen hatte. Ihre Unerfahrenheit, mütterliche Verwaistheit und eine gewisse Naivetät, wie sie solchen Ausnahmegestalten zuweilen eigen ist, waren hiebei nicht ohne Einfluß gewesen, abgesehen davon, daß sie den prahlerischen Vater für sehr wohlhabend hielt.

Wie dem auch sei – so war sie jetzt in aller Mund; die Frauen schlugen die Hände zusammen und erklärten das Jüngste Gericht nahe, wenn solche Phänomene sich zeigen; die Männer ließen es beim Untergang des Staates bewenden; die jungen Mädchen steckten heimlich die Köpfe zusammen und ergingen sich in den unheimlichsten Vorstellungen von der Unglücklichen; die jungen Herren gerieten auf ungeordnete und schlechte Späße, hielten sich aber mit erschreckter Vorsicht fern vom Hause des Kapitäns, ja von der Gasse, wo es lag; die angefühlten Kaufleute und Krämer liefen hin und her zu den Gerichten, ihre Klagen zu betreiben.

Nur Salomon Landolt gedachte mit verdoppelter Leidenschaft der in ihren Schulden trauernden Schönheit. Ein heißes Mitleid beseelte und erfüllte ihn mit unüberwindlicher Sehnsucht, wie wenn die Sünderin statt im Fegefeuer ihrer Not in einem blühenden Rosengarten säße, der mit goldenem Gitter verschlossen wäre. Er vermochte dem Drange, sie zu sehen und ihr zu helfen, nicht länger zu widerstehen, und als er eines Abends den Kapitän in einem Wirtshause fest vor Anker sah, ging er rasch entschlossen hin und zog am Hause der Wendelgard kräftig die Glocke an. Der Magd, welche aus dem Fenster guckte und nach seinem Begehr fragte, erwiderte er barsch, es sei jemand vom Stadtgerichte da, der mit dem Fräulein zu sprechen habe, und er wählte diese Einführung, um damit jedes unnütze Gerede und anderweitiges Aufsehen abzuschneiden. Freilich erschreckte er die Ärmste nicht wenig damit; denn sie trat ihm ganz blaß entgegen und errötete dann ebenso stark, als sie ihn erkannte.

In größter Verlegenheit und mit einer zitternden Stimme, der man Furcht und Schrecken wohl anmerkte, bat sie ihn, Platz zu nehmen; denn sie war so unberaten und verlassen, daß sie keine Einsicht in den Gang der Geschäfte besaß und vermutete, sie würde jetzt in ein Gefängnis abgeführt werden.

Kaum hatte Landolt aber Platz genommen, so wechselten die Rollen, und er war es nun, der für seine Eröffnungen nur schwer das Wort fand, da ihn das schöne Unglück vornehm und hochstehender dünkte, als ein König von Frankreich, der immerhin die Eidgenossen *grands amis* nennen mußte, wenn er ihnen das Blut abkaufte. Endlich tat er ihr mit der Haltung eines Schutzsuchenden kund, was ihn hergeführt; das wachsende Wohlgefallen, das er an ihrem Anschauen fand, stärkte seine Lebensgeister dann so weit, daß er ihr ruhig auseinandersetzen konnte, wie er als Beisitzender des Gerichts von ihrer verdrießlichen Angelegenheit Kenntnis genommen habe und nun gekommen sei, die Dinge mit ihr zu beraten und ausfindig zu machen, auf welche Weise der Handel geschlichtet werden könne. So möge sie ihm denn vertrauensvoll den Umfang und die Natur ihrer eingegangenen Verpflichtungen mitteilen.

Mit einem großen Seufzer der Erleichterung und nachdem sie, wie jenes erste Mal, einen forschenden Blick auf ihn geworfen, eilte Wendelgard eine Schachtel herbeizuholen, in welcher sie alle Rechnungen, Mahnbriefe und Gerichtsakte, die bisher eingelaufen, zusammengesperrt hatte, ohne sie je wieder anzusehen. Mit einem zweiten Seufzer, indem sie schamrot die Augen niederschlug, schüttete sie den ganzen Kram auf den Tisch, lehnte sich auf ihrem Sessel zurück und bedeckte das Gesicht mit der umgekehrten leeren Schachtel, hinter welcher sie sachte zu schluchzen begann, das Haupt abwendend.

Gerührt und beglückt, daß er so tröstlich einschreiten könne, nahm Salomon ihr die Schachtel weg, faßte sanft ihre Hände und bat sie, guten Mutes zu sein. Dann machte er sich mit den Papieren zu schaffen, und wo er einer Auskunft bedurfte, fragte er mit so guter und vertrauenerweckender Laune, daß die Antwort ihr leicht wurde. Er zog nun das Skizzenbüchlein hervor, das er immer bei sich führte und das mit flüchtigen Studien von Pferden, Hunden, Bäumen und Wolkengebilden angefüllt war. Dazwischenhinein verzeichnete er auf ein weißes Blatt den Schuldenstand der guten Wendelgard. Es handelte sich meistens um schöne Kleider und

Putzsachen, sowie um zierliche Möbelstücke; auch einige Näschereien waren darunter, obgleich in bescheidenem Maße, und im ganzen erreichte die Summe bei weitem nicht die ungeheuerliche Größe, die im Publikum spukte. Doch betrug alles in allem immerhin gegen tausend Gulden Züricher Währung und war von der Schuldnerin in keiner Weise zu beschaffen.

Landolt aber war so betört, daß ihm das Schuldenverzeichnis des schönen Wesens, als er das Büchlein sorgfältig in seiner Brusttasche verwahrte, ein so süßer, köstlicher und anmutiger Besitz schien, wie kaum das Vermögensinventarium einer reichen Braut; er liebte alles, was auf dem Register stand, die Roben, die Spitzen, die Hüte, die Federn, die Fächer und die Handschuhe, und selbst die Näschereien erweckten nur seine Gelüste, das reizende große Kind mit dergleichen selbst einmal füttern zu dürfen.

Als er sich verabschiedete und bald wieder von sich hören zu lassen versprach, schaute sie ihn mit zweifelnden Blicken an, da ihr nicht deutlich war, wie es werden sollte. Doch war sie heiter geworden und leuchtete ihm selbst mit traulich dankbarem Wesen bis unter die Haustüre, wo sie mit einem freundlich gelispelten »Gute Nacht!« vollständig die Oberhand gewann über den Stadtrichter. Sie stieg langsam und gedankenvoll, letzteres vielleicht zum erstenmal, die Treppen wieder hinauf und schlief jedenfalls zum erstenmal seit geraumer Zeit süß und ruhig ein, so daß sie den polternden Kapitän nicht nach Hause kommen hörte.

Desto weniger schlief Landolt in dieser Nacht und überlegte den Handel, bis die Hähne krähten in den vielen Hühnerhöfen der Stadt.

Da Salomon Landolt noch bei seinen Eltern lebte und von ihnen abhing, konnte er höchstens einen Teil der Summe aufbringen, deren es zur Erlösung Wendelgards bedurfte, weil seine Einmischung verborgen bleiben mußte, wenn er sich die spätere Verbindung mit dem Leichtsinnsphänomen nicht von vornherein noch mehr erschweren wollte. Dagegen besaß er eine reiche Großmutter, deren Liebling er war und die ihm in allerhand Geldnöten beizustehen pflegte und ein Vergnügen daran fand, es ganz im geheimen zu tun. Sie hatte dabei die Eigenheit, daß sie heftig gegen jede Verheiratung des Enkels protestierte, so oft etwa von einer solchen die Rede war, indem er, den sie am besten kenne, dadurch nur unglücklich werden und verkümmern würde; denn auch die Weiber, behauptete sie, kenne sie genugsam und wisse wohl, was an ihnen sei. Sie begleitete daher jedesmal ihre Handreichungen und geheimen Vorschüsse mit der vertraulichen Ermahnung, nur ja nicht ans Heiraten zu denken; und wenn er in einer Verlegenheit sich an sie wendete, brauchte er nur eine derartige Anspielung zu machen, um des schnellsten Erfolges sicher zu sein.

Auch jetzt nahm er seine Zuflucht zu der wunderlichen Großmutter und vertraute ihr mit einem verstellten Seufzer, daß er nun doch endlich darauf werde denken müssen, durch eine gute Partie, welche sich zeige, aus der Not und überhaupt in eine unabhängige Stellung zu kommen. Erschreckt nahm sie die Brille ab, durch die sie eben in ihrem Zinsbuche gelesen hatte, und betrachtete den unheilvollen Enkel wie einen Verlorenen, der sein eigenes Haus in Brand zu stecken im Begriffe steht. »Weißt du, daß ich dich enterbe, wenn du heiratest?« rief sie, selbst entsetzt über diesen Gedanken; »das fehlte mir, daß so ein scharrendes Huhn einst über meine Kisten und Kasten kommt! Und du? Wie willst du denn ein Weib ertragen lernen? Wie willst du es aushalten, wenn z. B. eine den ganzen Tag lügt? Oder eine, die über alle Welt lästert, so daß dein ehrlicher Tisch eine Stätte der Schmähsucht wird, oder eine, die immer etwas ißt, wo sie steht und geht, und dazu klatscht während des Kauens? Wie wirst du dastehen, wenn du eine hast, die in den Kaufläden mauset, oder die Schulden macht, wie die Gimmelin?«

Der Enkel unterdrückte das Lachen über die letzte Spezies, mit der es die Großmutter so nahe getroffen, und er sagte möglichst ernsthaft: »Wenn es so schlimm steht mit den armen Weiblein, so kann man sie ja um so weniger sich selbst überlassen und man muß sie heiraten, um zu retten, was zu retten ist!«

Aufs äußerste gebracht, rief die Feindin ihres eigenen Geschlechtes: »Hör' auf, du Greuel! Was ist's, was brauchst du?«

»Ich habe tausend Gulden im Spiel verloren, daran fehlen mir sechshundert!«

Die alte Dame setzte ihre Brille wieder auf, riß ihre Gloriahaube vom Kopf, um in ihren kurzen, grauen Haaren zu kratzen, und humpelte an den eingelegten Schreibtisch. Mit Vergnügen sah Landolt hinter der zurückrollenden Klappe die Wunder erscheinen, die dort aufbewahrt wurden und schon seine Kindheit erfreut hatten: eine kleine, silberne Weltkugel; einen Ritter auf einem aus Elfenbein geschnittenen Pferde, der trug eine wirkliche silberne und vergoldete Rüstung, die man abnehmen konnte; der Schild war mit einem Edelsteine geschmückt und die Federn des Helmes emailliert; dann aber, ebenfalls aus Elfenbein kunstreich und fein gearbeitet, ein vier Zoll hohes Skelettchen mit einer silbernen Sense, welches das Tödlein genannt wurde und an dem kein Knöchlein fehlte.

Diesen zierlichen Tod nahm die Alte auf die zitternde Hand und sagte, während das feine Elfenbein kaum hörbar ein wenig klingelte und klapperte:»Sieh her, so sehen Mann und Frau aus, wenn der Spaß vorbei ist! Wer wird denn lieben und heiraten wollen!«

Salomon nahm das Tödlein auch in die Hand und betrachtete es aufmerksam; ein leichter Schauer durchfuhr ihn, als er sich die schöne Gestalt der Wendelgard von einem solchen Gerüste herunterbröckelnd vorstellte; wie er aber an die schnelle Flucht der Zeit und ihre Unwiederbringlichkeit dachte, klopfte ihm das Herz so stark, daß das Gerippchen merklicher zitterte, und er warf einen verlangenden Blick auf die Hand der Großmutter, welche jetzt dem stets in einem Fache liegenden Barschatze eine Rolle schöner Doppellouisdors enthob und sagte:

»Da sind die tausend Gulden! Nun bleib mir aber vom Halse mit allen Heiratsgedanken!«

Zunächst machte er sich nun an den Kapitän Gimmel, den er in der Schenke aufsuchte und beiseite nahm. Er trug ihm vor, wie er von einer dritten Person, die nicht genannt sein wolle, beauftragt und in den Stand gesetzt sei, die unangenehme Angelegenheit der Tochter in Ordnung zu bringen; allein es werde verlangt, daß der Kapitän die Sache in seinem eigenen Namen geschehen lasse, zur möglichsten Schonung der Tochter, und es dürfe auch diese nichts anderes glauben, als daß der Vater die Schulden bezahlt habe. In diesem Sinne werde Landolt die Summe, als vom Kapitän herrührend, an amtlicher Stelle einliefern und dafür sorgen, daß dort die Gläubiger in aller Stille befriedigt würden. So werde dem Vater und dem Fräulein jede weitere Verdrießlichkeit erspart sein.

Der Herr Kapitän betrachtete den jungen Mann mit verwunderten Augen, sprach erst von unbefugten Einmischungen und Wahrung seines Hausrechtes und rückte an seinem Degen; als ihm aber Landolt vorstellte, daß man sich sehr für das Fräulein und ihr zukünftiges Wohl interessiere, welches von einer baldigen Regulierung der bewußten Sache abhängen könne, und der Kapitän eine gute Versorgung des Kindes zu wittern begann, steckte er das Schwert seiner Ehre wieder ein und erklärte sich mit dem vorgeschlagenen *modus procedendi* einverstanden.

Salomon Landolt führte nun das Geschäft mit Vorsicht und Geschicklichkeit zu Ende, so daß die Gläubiger bezahlt wurden. Jedermann glaubte, der Kapitän Gimmel habe sich eines Besseren besonnen, und Wendelgard selbst wußte nichts anderes. Ihr gegenüber gab sich der Vater ein feierliches Ansehen, welches von neuem sie in der Meinung bestärkte, daß er doch ein vermöglicher Mann sein müsse.

Sie war daher keineswegs über die Maßen erstaunt und fassungslos, als Salomon, der Geschäftsträger, eines Abends wieder erschien und ihr die quittierten Rechnungen über alle großen und kleinen Schulden in die Hände legte. Dies gönnte er ihr jedoch von Herzen und freute sich ihrer gewonnenen guten Haltung, da ihm während der Abwicklung über die Zahl und Art der Schulden doch das eine oder andere Bedenken aufgestiegen war, freilich nur mit der Wirkung, daß ihn aufs neue ein zärtliches Mitleiden mit ihrer unberatenen Armut erfüllte und die stärksten Wünsche erregte, ihr Schicksal für immer in feste Hand nehmen zu dürfen. Wendelgard hatte sich in Voraussicht seines Besuches die letzten Tage noch sorgfältiger als sonst gekleidet und geschmückt, und auch sie war ihrer besseren Fassung doch hauptsächlich froh, weil sie vor dem Retter in der Not nicht mehr so erniedrigt erschien, und zwar aus eigenen Mitteln, wie sie glaubte.

Sie dankte ihm aber dennoch mit kindlichen und herzlichen Worten für seine hülfreiche Bemühung; sie gab ihm dabei vertraulich die Hand und war jetzt so schön, daß er ohne weiteres Zögern ihr seine Neigung gestand und daß nur diese ihn vermocht habe, sich so aufdringlich in ihre Angelegenheiten zu mischen. Ja, er ging in seiner rückhaltlosen Offenheit so weit, ihr auseinanderzusetzen, wie sie ihm durch Erwiderung und Gewährung ihrer Hand eine ungleich größere Hülfe erweisen und ihn veranlassen würde, ein etwas unstetes und planloses Leben endlich zusammenzuraffen und für Liebe und Schönheit daß zu tun, was er für sich selbst nicht habe tun mögen.

Diese ehrliche Unklugheit oder unkluge Ehrlichkeit erweckte aber die Klugheit des schönen Mädchens. Sie ließ während seiner Reden dem erregten Salomon ihre Hand und sah ihn mit freundlichen Augen an, die von dem Glücke, aus der Erniedrigung so plötzlich erhöht zu sein, lieblich erglänzten. Allein mitten in aller Lieblichkeit des Augenblickes besann sich die sonst so Leichtsinnige wegen der unsteten Lebensführung, deren ihr Liebhaber sich anklagte, und sie erbat sich eine Bedenkzeit von sieben Tagen. Sie entließ ihn aber durchaus huldvoll und atmete so schnell und kurz wie ein junges Kaninchen, als sie sich wieder allein befand.

Indessen hatte der Kapitän sich die geheimnisvollen Andeutungen Landolts eingehender überlegt und die Entdeckung gemacht, daß seine Tochter allerdings nun reif sei für das Glück und auf den Markt gebracht zu werden. Er war nicht gesinnt, das Kleinod sich von unbekannter Hand abjagen zu lassen, sondern wollte mit offenen Augen dabei sein und vor allem eine gehörige Schaustellung veranstalten. Um gleich ins Zeug zu gehen, beschloß er, mit der Tochter die Bäder von Baden zu besuchen, die wegen der schönen Pfingstzeit gerade voll Gäste waren. Sie mußte ihre schönsten Kleider einpacken, die sie in Zürich wegen der Sittenmandate nicht einmal sehen lassen durfte, und so zogen sie zusammen ohne Säumen im Hinterhof zu Baden ein, der gleich den andern Gasthäusern schon von Fremden angefüllt war. Damit hatte die väterliche Aufsicht Gimmels aber auch ihr schnelles Ende erreicht; denn er suchte und fand augenblicklich genügende Gesellschaft trinklustiger alter Soldaten und überließ die Tochter Wendelgard gänzlich sich selber.

Zufälliger, aber auch glücklicher Weise befand sich im gleichen Badhofe Figura Leu im Begleit einer älteren Dame, die wegen Gliederschmerzen die Bäder brauchte. Sie war jetzt in den Jahren auch schon ein klein wenig vorgerückt und tat noch mehr als früher, was sie wollte. Als sie die schöne und durch ihre Schulden berühmt gewordene Wendelgard sah und wie diese in ihrer Verlassenheit nichts mit sich anzufangen wußte, zog sie dieselbe in ihre Gesellschaft und vertrieb sich selbst die Zeit damit, das seltsame, eigenartige Geschöpf, in welchem die Schönheit ohne alle andere Zutat persönlich geworden schien, zu studieren und kennen zu lernen. Sie gewann bald das Vertrauen des Mädchens, das die Wohltat solchen Umganges noch nie erfahren hatte, und so wußte sie auch schon am ersten Tage von dem Verhältnisse zu Salomon Landolt und der siebentägigen Bedenkzeit. Am zweiten Tage hielt sie es auch schon für das schwerste Mißgeschick, welches dem unvorsichtigen Freier aufstoßen könnte, wenn er das Mädchen gewänne. Sie wußte selbst nicht recht, warum? Sie hatte nur das Gefühl, als ob Wendelgard keine eigentliche Seele hätte. Dann dachte sie aber wieder, so sei sie ja ein reines weißes Tuch, auf welches Salomon schon etwas Leidliches malen werde, und alles könne sich noch ordentlich gestalten. Bekümmert über ihre eigene Unsicherheit beschloß sie plötzlich, eine Art Gottesgericht und Feuerprobe entscheiden zu lassen, wozu die unverhofft angekündigte Erscheinung ihres Bruders Martin ihr den Gedanken gab. Er stand schon seit fünf Jahren als Hauptmann in dem Züricherregimente zu Paris und war ein in allen Künsten erfahrener Gesell, besonders auch ein vorzüglicher Komödiant in den Haustheatern der Pariser Gesellschaft geworden. Der Kapitän Gimmel und seine Tochter hatten ihn noch nie gesehen, und übrigens verstand er sich auch für andere unkenntlich zumachen, denen er wohl bekannt war. Auf diesen Umstand gründete Figura ihren Plan, und sie wußte dem Bruder, als er jetzt, unversehens in die Heimat auf Besuch gekommen, auf dem Wege von Zürich nach Baden war, heimlich entgegenzureisen und ihn eilig für ihr Projekt zu unterrichten und zu gewinnen; denn er nahm fast ebensoviel teil an dem Wohlergehen seines wackeren Freundes, wie seine Schwester. Sie aber hatte große Eile, weil von den sieben Tagen schon vier verflossen waren und sie wohl merkte, daß Wendelgard kein Nein von sich geben werde.

So verzögerte denn Martin Leu seine Ankunft bis zur angebrochenen Dunkelheit, während Figura schnell vorauseilte und tat, als ob nichts geschehen wäre. Über Nacht traf er seine Vorbereitungen und trat am anderen Tage als ein unbekannter Fremder auf mit großen und geheimnisvollen Allüren. Wie durch Zufall machte er sich, sobald er orientiert war, an den Kapitän und ließ denselben, indem er eine Flasche mit ihm trank, sofort im Würfelspiel ein paar Taler gewinnen, wobei er es aber bewenden ließ. Dann lustwandelte er auf den öffentlichen Spazierwegen und am Ufer des Flusses, während Figura auf listige Weise das Gerücht verbreitet hatte, der Fremde sei ein französischer Herr, der eine halbe Million Livres Renten besitze und durchaus eine protestantische Schweizerin heiraten wolle, da er selbst dieser Konfession angehöre. Er sei schon in Genf gewesen, habe aber nichts gefunden, und wolle nun nach Zürich gehen, vorher aber sich ein wenig in Baden umsehen, wo, wie er erfahren, zu dieser Zeit ein ausgesuchter Damenflor sich sehen lasse.

Der Kapitän kam schleunig und gegen seine Gewohnheit schon vor Tisch nach Hause, das heißt in den Gasthof, gelaufen und holte die Tochter, die sich herausputzen mußte, zur Promenade. Er führte sie sogar am Arme und tat mit seiner Karfunkelnase so geziert und breitspurig, daß die Hunderte von Spaziergängern von seiner Possierlichkeit nicht minder erheitert, als von der Schönheit Wendelgards erbaut waren.

Als er aber dem reichen Hugenotten begegnete, gab es einen noch größeren Auftritt und einen langen Wechsel von Komplimenten und Vorstellungen. Martin Leu brauchte kein Erstaunen über Wendelgards Erscheinung zu heucheln, da er es in der Tat empfand; doch sah er zu gleicher Zeit auch, wie notwendig es sei, den Freund Salomon dieser Gefahr zu entreißen. Er bot ihr den Arm und führte sie an des Vaters Stelle zur Tafel, wo Figura wie verschüchtert hinblickte und alle die ziervollen Szenen zu bewundern schien, die sich nun ereigneten.

Nur wenige Minuten sprach Wendelgard nach dem Essen mit ihr, weil eine Lustpartie nach Schinznach stattfinden sollte, wo eine nicht weniger vornehme Welt versammelt war. Kurz, Martin machte am ersten Tage seine Sache so gut, daß Wendelgard am späten Abend zu Figura Leu geflogen kam und ihr atemlos mitteilte, es werde sich etwas ereignen, der Hugenott habe sie soeben gefragt, ob sie nicht lieber in Frankreich leben möchte, als in der Schweiz. Und dann habe er gesprächsweise gefragt, wie alt sie sei, und eine Stunde früher geäußert, wenn er je heirate, so werde er keinen Denar Mitgift von der Frau nehmen. Und der Vater habe ihr bereits befohlen, dem Bewerber sogleich ihr Jawort Zu geben, wenn er sie frage.

»Aber, liebes Kind,« bemerkte Figura, »das alles will noch nicht viel sagen. Nimm dich doch in acht!«

Wendelgard aber fuhr fort: »Und als wir über eine Stunde allein zusammengingen, hat er mir die Hand geküßt und geseufzt.«

»Und dann hat er dich gefragt?«

»Nein, aber er hat geseufzt und mir die Hand geküßt.«

»Ein französischer Handkuß! weißt du, was das ist? Gar nichts.«

»Aber er ist ja ein ernsthafter Protestant.«

»Wie heißt er denn?«

»Ich weiß es noch nicht, das heißt, ich glaub', ich weiß es noch nicht, ich habe nicht einmal achtgegeben.«

»Das ändert freilich die Sache,« sagte Figura nachdenklich; »aber wie soll es nun mit Salomon Landolt werden?«

»Ja, das frag' ich auch,« erwiderte Wendelgard seufzend und rieb sich die weiße Stirn mit den weißen Fingerspitzen; »aber bedenke doch, eine halbe Million Einkünfte! Da hört alle Sorge und aller Kummer auf! Und Salomon braucht eine Frau, die ihm hilft sein Leben zusammenraffen und etwas werden! Wie kann ich das, die selber nichts versteht?«

»Das meint er nicht so, du Gänschen! Er meint, wenn er dich nur hat, so wird er deinetwegen anfangen zu schaffen, zu wirken und zu befehlen, und du kannst nur zusehen und brauchst dich gar nicht zu rühren; und er wird es tun, sag' ich dir!«

»Nein, nein! Mein Leichtsinn wird ihn nur hindern! Ich werde wieder Schulden machen und noch viel mehr, das fühle ich, wenn ich nicht reich, außerordentlich reich werde!«

»Das ändert freilich die Sache,« versetzte Figura, »wenn du nicht vorziehst, dich von ihm ändern und bessern zu lassen! Und er ist der Mann dazu, glaub' es mir!«

Da sie aber sah, daß Wendelgard nur in eine ängstliche Verlegenheit geriet, ohne ein Gefühl für Salomon zu äußern, fuhr sie fort:

»Jedenfalls sieh zu, daß du nicht zwischen zwei Stühle zu sitzen kommst. Wenn der Franzose dich nun morgen fragt, so mußt du ihm aus freier Hand antworten können. Übermorgen ist der siebente Tag; dann mußt du gewärtig sein, daß Landolt herkommt, deine Entscheidung zu holen; dann gibt's Auftritte, Enthüllungen, und du läufst Gefahr, daß beide dir den Rücken kehren!«

»O Gott! Ja, das ist wahr! Aber was soll ich tun? Er ist ja nicht hier, und ich kann jetzt nicht hin!« »Schreib ihm, und gleich heute noch! Denn morgen muß ein Expresser damit nach Zürich, sonst kommt er übermorgen, wie ich ihn kenne, unfehlbar.«

»Das will ich tun, gib mir Papier und Feder!«

Sie setzte sich hin, und als sie nicht wußte, wie beginnen, diktierte ihr Figura Leu:

»Nach reiflicher Prüfung finde ich, daß es nur Gefühle der Dankbarkeit sind, die mich für Sie beseelen, und daß es Lüge wäre, wenn ich sie anders benennen wollte. Da überdem der Wille meines Vaters mir eine andere Lebensbahn anweist, so bitte ich Sie, meinen festen Entschluß, ihm zu gehorchen, als ein Zeichen des Vertrauens und der achtungsvollen Aufrichtigkeit ehren zu wollen, die Ihnen stets bewahren wird Ihre ergebene usw.«

»Punktum!« schloß Figura, »hast du unterschrieben?«

»Ja, aber es dünkt mich, man sollte doch etwas mehr sagen; es ist mir nicht ganz recht so.«

»Eben so ist's recht! Das ist der verzwickte Absagestil in solcher Lage, die keine Erörterungen verträgt; das schneidet alles weitere ab, und die Trinklustigen merken am Klange, daß sie an ein leeres Faß geklopft haben!«

Diese etwas von Eifersucht gewürzte Anspielung verstand Wendelgard nicht, da sie gutmütigen Herzens war. Sie bat noch, Figura möchte die schleunige Absendung des Briefes besorgen, damit ja kein Zusammentreffen stattfinde. Figura versprach es, und um ganz sicher zu gehen, übergab sie die Mission mit Tagesanbruch ihrem Bruder, der unverzüglich damit nach Zürich ritt und den Salomon Landolt überraschte, der eben sich bereit machte, am nächsten Tage nach Baden zu gehen.

Er erblaßte leicht, als er das Brieflein las, und wurde wieder rot, als er bemerkte, daß Martin Leu wußte, was darin stand. Der gab ihm aber ohne Säumen die mündlichen Erläuterungen durch Erzählung des ganzen Vorganges. Er ließ ihn darauf eine Stunde allein, kam dann wieder und sagte ihm:

»Salomon! Die Schwester Figura läßt dich grüßen und dir sagen, wenn du die schöne Gimmelin doch haben wollest, so möchtest du es ihr, der Schwester, nur kund tun, jene laufe dir nicht fort.«

»Ich will sie nicht und sehe meine Torheit ein,« sagte Landolt; »aber sie ist doch schön und liebenswert, und ihr seid Schelme!«

Martin blieb nun in seiner wahren Gestalt in Zürich, weshalb der reiche Hugenott natürlich in Baden verschwunden war, als ob ihn die Erde verschlungen hätte. Der Kapitän und Wendelgard weilten noch zwei Wochen dort; dann kehrten sie nach Zürich zurück, der Kapitän durstiger und unverträglicher als je, und die Tochter, still und niedergeschlagen, hielt sich verborgen.

Damit war die Geschichte jedoch nicht zu Ende. Denn Martin Leu stach die Neugierde und der Übermut, die seltsame Schönheit erst jetzt etwas näher zu besehen. Er machte sich mit aller Vorsicht herzu, um nicht als der geheimnisvolle Franzose erkannt zu werden, und besuchte den Fechtsaal des Kapitäns. Nun drehte sich das Rad der Fortuna, als er die Arme in ihrer bescheidenen Trauer und Schönheit sah, und da der wilde Alte jählings vom Schlage getroffen dahinstarb, verliebte er sich in die Verlassene so heftig, daß er alle Einsprachen, Abmahnungen und Vernunftgründe ungestüm wegräumte und nicht ruhte, bis sie seine Frau war.

Vorher hatte er den Salomon noch ein letztes Mal gefragt: »Willst du sie oder nicht?« Der hatte aber ohne Besinnen geantwortet: »Ich halte es mit dem Bibelspruch: Eure Rede sei Ja, Ja und Nein, Nein! Ich komme nicht mehr auf die Sache zurück!«

»Kostet mich freilich tausend Gulden, was kein Mensch weiß, Gott sei Dank!« setzte er in Gedanken hinzu; denn er wußte, daß seine Großmutter in ihrer Gerechtigkeit alle ihre Vorschüsse genau notierte, damit sie einst, seinen Geschwistern gegenüber, von seinem Erbteile abgezogen würden.

Martin Leu lebte mit seiner Frau noch zwei Jahre in Paris und nahm dann seinen Abschied. Sie war bei der Rückkehr eine ganz ordentlich geschulte und gewitzigte Dame und machte keine Schulden mehr. Sie kannte die Ereignisse von Baden und hatte den Hugenotten wieder erkannt, ehe er es ahnte und selbst erzählte.

Wenn aber die Figura Leu später den Salomon Landolt fragte, ob er ihr wegen ihrer Dazwischenkunft zürne und die Wendelgard doch lieber selbst hätte, da sie jetzt nicht so übel ausgefallen sei und sich früher offenbar dümmer gestellt habe, als sie gewesen, dann drückte er ihr die Hand und sagte: »Nein, es ist gut so!« Die Wendelgard nannte er der Kürze halben den Kapitän.

Grasmücke und Amsel

Die einseitige Anbetung der Schönheit wirkte aber unmittelbar nach ihrem Mißerfolge noch so nachteilig auf Landolten ein, daß er den Halt vollends verlor und allen Eindrücken preisgegeben war. Wie wenn die Schwalben im Herbst abziehen wollen, flatterten und lärmten alle Liebesgötter, und er bestand noch im selben Jahre, da er der Wendelgard verlustig ging, zwei Abenteuer, welche, wie es bei Zwillingen zuweilen geht, nur geringfügig waren und in die gleiche Windel gewickelt werden können.

Schon seit ein paar Jahren hörte Saloman in seinem Zimmer, das auf der Rückseite des Hauses lag, wenn das Wetter schön und die Luft mild war, jeden Morgen aus der entfernteren Nachbarschaft, über die Gärten hinweg, von einer zarten Mädchenstimme einen Psalm singen. Diese Stimme, welche erst die eines Kindes gewesen, war allmählich etwas kräftiger geworden, ohne jemals eine große Stärke zu erreichen. Doch hörte er den regelmäßigen Gesang, der täglich vor dem Frühstück stattzufinden schien, gern und nannte die unsichtbare Sängerin die Grasmücke. Es war aber die Tochter des Herrn Proselytenschreibers und ehemaligen Pfarrherrn Elias Thumeysen, der sich der Last des eigentlichen Hirtenamtes mit dem Anfall eines artigen Erbes entledigt hatte, jedoch sich immer noch nützlich machte durch Besorgung einiger Aktuariate, wie derjenigen der Exulanten- und Proselytenkommissionen. Von letzteren führte er auf den Wunsch seiner Frau den Brauchtitel. Außerdem war er noch Reformationsschreiber und Vorsteher der Exspektanten des züricherischen Ministeriums; im übrigen malte er zu seinem Vergnügen von jenen Landkarten, in welchen uns jetzt die Welt auf dem Kopf steht, da Ost und West oben und unten, Nord und Süd aber links und rechts ist.

Sein Töchterlein, die Grasmücke, eigentlich Barbara geheißen, trieb aber noch ganz andere Künste, mit denen sie vom Morgen bis zum Abend beschäftigt war. Der Herr Proselytenschreiber, ihr Vater, machte nämlich auch Darstellungen aller möglichen Vögel; er klebte die natürlichen Federn derselben oder auch nur kleine Bruchstücke von solchen auf Papier zusammen und malte den

Schnabel und die Füße dran hin. Ein Haupttableau derart war ein schöner Wiedehopf in natürlicher Größe, im vollen Federschmuck.

Barbara hatte nun diese Kunst weiter entwickelt und veredelt, indem sie das Verfahren auf die Menschheit übertrug und eine Menge Bildnisse in ganzer Figur anfertigte, an denen nur das Gesicht und die Hände gemalt waren, alles übrige aber aus künstlich zugeschnittenen und zusammengesetzten Zeugflickchen von Seide oder Wolle oder anderen natürlichen Stoffen bestand; und gewiß konnten die Vögel des Aristophanes nicht tiefsinniger sein, als diejenigen des Herrn Proselytenschreibers, da aus diesen ein so artiges Geschlecht menschlicher Geschöpfe hervorging, welches das Arbeitsstübchen der kleinen Sängerin anfüllte. Da prangte vor allem ihr Herr Oheim mütterlicher Seite, der regierende Herr Antistes, im geistlichen Habit von schwarzem Satin, schwarzseidenen Strümpfen und einem Halskragen von zartester Musseline. Die Perücke war aus den Haaren eines weißen Kätzleins unendlich zierlich und mühevoll zustande gebracht; dazu harmonierten die wasserblauen Augen in dem blaßrosigen Gesichte vortrefflich; die Schuhe waren aus glänzenden Saffianschnipfelchen geschnitten und die silbernen Schnallen aus Stanniol, die Schnittflächen des Liturgiebuches aber, das er in der Hand hielt, aus Goldpapier.

Diesen Pontifex, der hinter Glas und Rahmen an erster Stelle hing, umgaben die Abbilder vieler Herren und Damen verschiedenen Ranges und Standes; das schönste war eine junge Frau in weißem Spitzengewande, das ganz aus feinstem Papier à jour gearbeitet sie umhüllte; auf der Hand saß ihr ein Papagei, aus den kleinsten Federchen eines Kolibri mosaiziert. Gegenüber saß ein flötenspielender Herr mit übergeschlagenen Beinen, in einem Rocke von azurblauem Atlas und mit einer kunstreichen Halskrause, der den Papagei im Gesänge zu unterrichten schien, da dieser den Kopf lauschend nach ihm umdrehte. Die Knöpfe auf dem Kleide bestanden aus rötlichen Pailletten oder Flitterchen.

Auch paradierte eine Reihe stattlicher Militärpersonen zu Fuß, deren Uniformen, Tressen, Metallknöpfe, Degengefäße, Lederzeug und Federbüsche alle von gleichem, unverdrossenem Fleiße Zeugnis gaben; aber hier hatte Barbara Thumeysen die Grenzen ihrer Kunst angetroffen; denn als sie nun zu den berittenen Kriegsbefehlshabern übergehen wollte, verstand sie wohl Schabracken, Sättel und Zaumzeug aus allen geeigneten Stoffen mit ihrem englischen Scherchen zuzuschneiden und herzustellen; die Pferde aber zu zeichnen ging über ihre Kräfte, weil sie bisher nur in menschlichen Köpfen und Händen sich geübt hatte; letzteres auch nur so so, la la. Es handelte sich also darum, einen Lehrer oder Gehülfen hiefür zu finden; als solcher wurde auf gehaltene Nachfrage Salomon Landolt genannt, welcher in Zürich derweilen der erste Pferdezeichner sei.

Der Herr Proselytenschreiber stattete daher unverhofft eines Tages dem Herrn Stadtrichter und Jägerhauptmann einen höflichen Besuch ab und trug ihm mit wohlgesetzten Worten das Ansuchen vor, seiner Tochter in Ansehung eines richtig gestellten Reitpferdes geneigtest Unterricht und Beirat erteilen zu wollen, so daß das Tier in natürlicher Gestalt und Farbe, in schulgerechtem Schritt, auf das Papier gemalt und nachher um so bequemer aufgezäumt und gesattelt, auch der Reiter in guter Haltung darauf gesetzt werden könne.

Landolt ließ sich gern zu dem Dienst bereit finden; einmal aus reiner Gefälligkeit und dann auch aus Neugierde, die Grasmücke zu sehen, die jeden Morgen so lieblich sang. Mit Verwunderung erblickte er erst die bunte Vogelwelt des Exulanten- und Proselytenschreibers, den Wiedehopf und all die Stieglitze, Blutfinken, Häher, Spechte und Regenpfeifer; sodann vollends den Antistes und all die Zunftmeister; Zwölferherren, Obervögtinnen, Leutnants und Kapitäns der Jungfer Barbara, und diese selbst, die von zarter, aber ebenmäßiger Gestalt war, wie aus Elfenbein gedrechselt. Sie dünkte ihm das schönste Werklein unter all den Vögeln und Menschenkindern des bescheidenen Museums, und er begann daher sogleich den Unterricht. Er erklärte ihr mit Hülfe geeigneter Vorlagen zuerst den Knochenbau eines Pferdes und lehrte sie, mit einigen geraden Strichen die Grundlinien und Hauptverhältnisse anzugeben, ehe es an die schwierigen Formgeheimnisse eines Pferdekopfes ging. So verbreitete sich der Unterricht allmählich über den ganzen Körper, bis endlich zur Farbe gegriffen und zur Darstellung der Schimmel, Füchse und Rappen geschritten werden konnte. Die Mähnen und Schweife behielt Barbara sich vor wiederum aus allerlei natürlichen Haaren zu machen.

Das angenehme Verhältnis dauerte mehrere Wochen, und immer zeigten sich noch kleine Unvollkommenheiten und Mängel, welche man zu überwinden trachtete, Landolt gewöhnte sich daran, jeden Vormittag ein oder zwei Stunden hinzugehen; es wurde ihm ein Glas Malaga mit drei spanischen Brötlein aufgestellt, und, bald ließ man ihn auch mit der Schülerin allein als einen der sanftesten und ruhigsten Lehrer, die es je gegeben. Die Grasmücke war so zutraulich wie ein gezähmtes Vögelchen und aß ihm bald die Hälfte der Spanischbrötchen aus der Hand, tunkte sogar den Schnabel in den Malagakelch. Eines Tages überraschte sie ihn mit der geheim ausgearbeiteten Darstellung seiner selbst, wie er in der Jägeruniform auf seinem Ukräner Apfelschimmel saß; es war natürlich nur seine linke Seite mit dem Degen, mit nur einem Bein und einem Arm; dagegen war die Mähne des Grauschimmels und der Schwanz aus ihren eigenen Haaren, die in der tiefsten Schwärze glänzten, geschnitten und angeklebt, und es konnte aus dieser Opferung, sowie aus dem ganzen Bildwerke erkannt werden, wieviel er bei ihr galt.

In der Tat hielt sie die beidseitigen Neigungen und Lebensarten für so gleichmäßig und harmonisch, daß ein glückliches Zusammensein im Falle einer Verbindung fast unverlierbar schien, wenn sie, leise errötend, dergleichen Dinge gar ernstlich bei sich erwog: und Salomon Landolt glaubte seinerseits nichts besseres Wünschen zu können, als nach all den Stürmen in diesen kleinen, stillen Hafen der Ruhe einzulaufen und sein Leben in dem grasmückischen Museum zu verbringen.

Auch in den beiden Häusern sah man die wachsende Vertrautheit der zwei Kunstbeflissenen nicht ungern, da eine Vereinigung beiden Teilen nur ersprießlich und wünschenswert schien; und so gedieh die Sache so weit, daß ein Besuch der Thumeysenschen bei den Landoltischen eingeleitet wurde unter dem diplomatischen Vorwande, der thumeysischen Jungfrau den Anblick der ihr noch gänzlich unbekannten Malereien Salomons zu verschaffen.

Obgleich er eine entschiedene und energische Künstlerader besaß, hatte er den Stempel des abgeschlossenen, fertigen Künstlers nie erreicht, weil ihm das Leben dazu nicht Zeit ließ und er in bescheidener Sorglosigkeit überdies den Anspruch nicht erhob, Allein als Dilettant stand er auf einer außerordentlichen Höhe der Selbständigkeit, des ursprünglichen Gedankenreichtums und des unmittelbaren eigenen Verständnisses der Natur. Und mit dieser Art und Weise verband sich ein keckes, frisches Hervorbringen, das vom Feuer eines immerwährenden *con amore* im eigentlichsten Sinne beseelt war.

Seine Malkapelle, wie er sie nannte, bot daher einen ungewöhnlich reichhaltigen Anblick an den Wänden und auf den Staffeleien, und so mannigfaltig die Schildereien waren, die sich dem Auge darboten, so leuchtete doch aus allen derselbe kühne und zugleich still harmonische Geist. Der unablässige Wandel, das aufglimmen und verlöschen, widerhallen und verklingen der innerlich ruhigen Natur schienen nur die wechselnden Akkorde desselben Tonstückes zu sein. Das Morgengrauen der Landschaft, der verglühende Abend, das Dunkel der Wälder mit den mondbestreiften, tauschweren Spinnweber im Gesträuche der Vorgründe, der ruhig im Blau schwimmende Vollmond über der Seebucht, die mit den Nebeln kämpfende Herbstsonne über einem Schilfröhricht, die rote Glut einer Feuersbrunst hinter den Stämmen eines Vorholzes, ein rauchendes Dörflein auf graugrüner Heide, ein blitzzerissener Wetterhimmel, regengepeitschte Wellenschäume, alles dies erschien wie ein einziges, aber vom Hauche des Lebens zitterndes und bewegtes Wesen, und vor allem als das Ergebnis eines eigenen Sehens und Erfahrens, eine Frucht nächtlicher Wanderungen, rastloser Ritte zu jeder Tageszeit und durch Sturm und Regen.

Nun war aber alles das aufs innigste verwachsen und belebt mit einem Geschlechte heftig bewegter und streitbarer, oder einsam streifender, oder flüchtig wie die Wolken über ihnen dahinjagender oder still an der Erde verblutender Menschen. Die Reiterpatrouillen des Siebenjährigen Krieges, fliehende Kirgisen und Kroaten, fechtende Franzosen, dann wieder ruhige Jäger, Landleute, das heimkehrende Pfluggespann, Hirten auf der Herbstweide, dazu die von Krieg oder Jagd aufgescheuchten Wald- und Wasservögel, das grasende Reh und der schleichende Fuchs, sie alle befanden sich immer an dem rechten und einzigen Fleck Erde, der für ihre Tage paßte. Oft auch erkannte man in dem grauen Schattenmännchen, das mühselig gegen einen Strichregen ankämpfte, unvermutet einen Wohlbekannten, der offenbar zur Strafe für irgendeine Unart hier bildlich durchnäßt wurde; oder man sah eine weibliche Lästerzunge etwa als Nachthexe die Füße in einem Moortümpel abwaschen, der einen Rabenstein bespülte, oder endlich den Maler selbst über eine Anhöhe weg dem Abendrot entgegenreiten, ruhig ein Pfeiflein rauchend.

Der Besuch wurde in höflichster Weise bewerkstelligt und empfangen; als der Kaffee eingenommen war, führte Salomon das sorgfältig und halb feiertäglich gekleidete Fräulein in sein Künstlergemach, während die übrige Gesellschaft wohlbedacht zurückblieb, um sich im Garten zu ergehen und die innere und äußere Beschaffenheit des Hauses in Augenschein zu nehmen. Salomon zeigte und erklärte nun dem Fräulein die Bilder und dazwischen eine Menge anderer Gegenstände, wie Jagdgeräte, Waffen, selbst zubereitete Tierskelette u. dergl. Die Gliederpuppe, welche in der Tracht eines roten Husaren in einem Lehnstuhle saß und ein Staffeleibild zu betrachten schien, hatte sie schon beim Eintritt erschreckt und ihr einen schwachen Schrei entlockt; nachher aber blieb sie still und gab durchaus kein Zeichen der Freude oder des Beifalls, oder auch nur der Neugierde von sich, da ihr diese ganze Welt fremd und unverständlich war. Salomon beachtete das nicht; er bemerkte es nicht einmal, weil er nicht auf Lob und Verwunderung ausging; er eilte in seinem Eifer, ans Ziel zu kommen, nur weiter von Bild zu Bild, während Barbaras von hellem Stoffe umspannte Brust immer höher zu atmen begann, wie von einer großen Angst. Vor einem Flußbilde, auf welchem der Kampf des ersten Frührotes mit dem Scheine des untergehenden Mondes vor sich ging, erzählte Landolt, wie früh er eines Tages habe aufstehen müssen, um diesen Effekt zu belauschen, wie er denselben aber doch ohne Hülfe der Maultrommel nicht herausgebracht hätte. Lachend erklärte er die Wirkung solcher Musik, wenn es sich um die Mischung delikater Farbentöne handelt, und er ergriff das kleine Instrumentchen, das auf einem mit tausend Sachen beladenen Tische lag, setzte es an den Mund und entlockte ihm einige zitternde, kaum gehauchte Tongebilde, die bald zu verklingen drohten, bald zart anschwellend ineinander verflossen.

»Sehen sie,« rief er, »dies ist jenes Hechtgrau, das in das matte Kupferrot übergeht auf dem Wasser, während der Morgenstern noch ungewöhnlich groß funkelt! Es wird heute in dieser Landschaft regnen, denk' ich!«

Als er sich fröhlich nach ihr umsah, entdeckte er wirklich, daß Barbaras Augen schon voll Wasser standen. Sie war ganz blaß und rief wie verzweifelt:

»Nein, nein! wir passen nicht zusammen, nie und nimmermehr!«

Ganz erschrocken und erstaunt faßte er ihre Hand und fragte, was ihr sei, wie sie sich befinde?

Sie entzog ihm aber heftig die Hände und begann, mit verwirrten Worten anzudeuten, daß sie nicht das mindeste von alledem verstehe, gar keinen Sinn dafür habe, noch je haben werde, daß alles das ihr fast feindlich vorkomme und sie beängstige; unter solchen Verhältnissen könne von einem harmonischen Leben keine Rede sein, weil jeder Teil nach einer anderen Seite hin ziehe; und Landolt könne ihre friedlichen und unschuldigen Übungen, die sie bis jetzt glücklich gemacht hätten, ebensowenig achten und schätzen, als sie seiner Tätigkeit auch nur mit dem geringsten Verständnisse zu folgen vermöge.

Landolt fing an zu begreifen, wie sie es meine und was sie beunruhige, und er sagte, mild ihr zusprechend, seine Übungen seien ja nur ein Spiel, gerade wie die ihrigen, und eine Nebensache, auf die es gar nicht ankomme. Allein seine Worte machten die Sache nur schlimmer und Barbara eilte in größter Aufregung aus dem Zimmer, suchte ihre Eltern auf und begehrte weinend nach Hause gebracht zu werden. Bestürzt und ratlos wurde sie von den Anwesenden umringt; auch Landolt war herbeigekommen, und wieder begann sie ihre seltsamen Erklärungen. Es stellte sich deutlicher heraus, daß sie dem, was sie quälte, eine viel größere Wichtigkeit beilegte, als der unschuldigen Anspruchslosigkeit eines so zarten jungen Geschöpfes eigentlich zugetraut werden konnte; daß aber die Unfähigkeit, über sich selbst hinwegzukommen und ein ihr Fremdes zu dulden, wohl großenteils einer gewissen Beschränktheit zuzuschreiben sei, in welcher sie erzogen worden.

Alles Zureden Landolts und seiner Eltern half nichts; diejenigen des verzweifelten Fräuleins aber schienen eher ihre Bangigkeiten zu teilen und beschleunigten sorglich den Rückzug. Es wurde eine Sänfte bestellt, die Tochter hineingepackt, wo sie sofort das Vorhänglein zog, und so begab sich die kleine Karawane, so schnell die

Sänftenträger laufen mochten, hinweg, unter Verdruß und Beschämung der Landoltfamilie.

Am nächsten Vormittag ging Salomon, sobald er es für schicklich hielt, in das Haus des Proselytenschreibers, um nach dem Befinden seines Kindes zu fragen und zu sehen, was zu tun und gutzumachen sei. Die Eltern empfingen ihn mit höflicher Entschuldigung und setzten ihm erklärend auseinander, wie nicht nur der tiefgehende Naturkultus und die wilde Skizzenlust seiner Schildereien, sondern auch der Mannequin, die Tiergerippe und all die anderen Seltsamkeiten das bescheidene Gemüt ihrer Tochter erschreckt hätten, und wie sie selbst auch finden müßten, daß solche ausgesprochene Künstlerlaune den Frieden eines bescheidenen Bürgerhauses zu stören drohte. Über diesen Reden, die den guten Salomon immer mehr in Verwunderung setzten, kam die Tochter herbei, mit verweinten Augen, aber gefaßt; sie reichte ihm freundlich die Hand und sagte mit sanften, aber entschlossenen Worten, sie könne nur unter der festen Bedingung die Seine werden, daß beide Teile dem Bilderwesen für immer entsagen und so alles Fremdartige, was zwischen sie getreten, verbannen würden, ein jedes liebevoll sein Opfer bringend.

Salomon Landolt schwankte einen Augenblick; doch seine Geistesgegenwart ließ ihn bald erkennen, daß hier im Gewande unschuldiger Beschränktheit eine Form der Unbescheidenheit auftrete, die den Hausfrieden keineswegs verbürge und das geforderte Opfer allzu teuer mache, und er beurlaubte sich, ohne ein Wort zur Verteidigung seiner Malkapelle vorzubringen, von der Herrschaft, sowie von dem Wiedehopf und dem Herrn Antistes samt ihrem ganzen Gefolge.

*

Kaum war die übliche Trauerzeit über das Hinscheiden einer Hoffnung vorbei und der Zorn der Großmutter über die »saubere Anzettelung«, hinter die sie schließlich gekommen, verraucht, so flog die Amsel daher als die unmittelbare Nachfolgerin obiger Grasmücke.

Halb Stadtwohnung und halb Landgut, lag in einer der Vorstädte mitten in schönen Gärten ein Haus, in welches Landolt nicht selten zu kommen pflegte, da er in demselben befreundet und auch wohl angesehen war. Als ein Wahrzeichen dieser Besitzung konnte gelten, daß auf einer hohen Weymouthsfichte, die in einer Gartenecke stand, das heißt auf der obersten Spitze dieses Baumes, jedes Frühjahr allabendlich eine Amsel saß und mit ihrem wohltönenden Gesange die ganze Gegend erfreute. Von dieser Amsel her benannte Landolt, nach seiner Weise, das nächstliegende Merkmal zu ergreifen, das schöne Mädchen Aglaja, was übrigens auch kein Christenname, sondern eine weitere von ihm ersonnene Benennung ist, da er diesen Namen einer der drei Grazien mit dem Namen der Pflanze Agley, *Aquilegia vulgaris*, irrtümlich für dasselbe Wort hielt. Zu diesem Irrtum hatte ihn der zier- und anmutsvolle Anblick der Agleypflanze verleitet, deren bald blaue, bald violette Blumenglocken ihm ebenso reizend um die schwanken, hohen Stengel zu schweben und zu nicken schienen, wie die aschblonden Locken der Amsel oder Aglaja um deren Nacken.

Als er im vergangenen Frühling eines Abends an jenem Hause vorübergegangen, war er einen Augenblick still gestanden, um dem Gesange der Amsel zuzuhören, und hatte das schöne Wesen zum erstenmal unter dem Baume stehend gesehen. Es war eine Tochter des Hauses, die von mehrjährigem Aufenthalte im Auslande zurückgeholt worden. Seine Augen hatten sie sehr wohl aufgefaßt; da er aber damals just in den Wendelgardischen Handel verwickelt war, so ging er seines Weges weiter, nachdem er den Hut gezogen hatte.

Jetzt war es Herbst geworden, und wie Salomon im milden Sonnenschein am Saum eines Gehölzes hinstrich und eine verspätet blühende Agleye fand, dieselbe brach und betrachtete, fiel ihm plötzlich das Mädchen unter dem Amselbaum ein, dessen er seither nie mehr gedacht hatte. Diese geheimnisvolle, unmittelbare Einwirkung der Blume erschien seinem vielgeprüften und noch suchenden Herzen wie ein spät, aber um so klarer aufgehender Stern, eine untrügliche Eingebung höherer Art. Er sah die schlanke Gestalt mit dem gelockten Haupt deutlich gegenwärtig, wie sie eben mit gesenktem Blicke dem Gesange des Vogels gelauscht und nun die ernsten Augen auf den Grüßenden richtete.

Am Abend desselben Tages noch machte er in dem Hause zum erstenmal seit geraumer Zeit wieder seinen Besuch und blieb gegen drei Stunden bei der Familie in guter Unterhaltung. Aglaja saß still am Tische, mit Stricken beschäftigt, und betrachtete Salomon ganz offen und aufmerksam, wenn er sprach; oder wenn ein anderer etwas Bemerkenswertes sagte, sah sie wieder zu ihm hin, wie wenn sie seine Meinung hierüber erforschen wollte. Es war ihm sehr wohl zumut, und als er fortging, gab sie ihm mit einem festen Schlage die Hand und schüttelte die seinige wiederholt, wie einem alten Freunde. Als er sie bald nachher auf der Straße traf, erwiderte sie seinen Gruß mit einem leisen Lächeln der Freude über die unverhoffte Begegnung, und nicht lange darauf sandte sie sogar eine schriftliche Botschaft an den neuen Freund und fragte ihn, ob er nicht der kleinen Weinlese beiwohnen möge, die soeben bei ihnen gehalten und heute abend mit einer bescheidenen häuslichen Lustbarkeit ihren Abschluß finden würde. Gern sagte er zu und begab sich zur geeigneten Zeit, mit Feuerwerk versehen, nach dem halb ländlichen Wohnsitze, wo eine Menge junger Leute und Kinder fröhlich versammelt waren. Er machte sich mit seinen Raketen und kleinen Sonnen nützlich und beliebt bei der aufgeregten Jugend; wiederholt kam Aglaja, die überall ordnete und sorgte, ihm ihre Freude über sein Kommen und seine vortrefflichen Leistungen zu bezeugen; und als es zum üblichen Winzermahle ging, welches die Hausfrau, ihre Mutter, wegen Unwohlseins im Stiche lassen mußte, setzte sie ihn unten an den langen Tisch, aber neben ihren eigenen Platz.

Auch hier erwies er sich brauchbar, indem er mit leichter Hand eine Gans und zwei Hasen zerlegte, worüber Aglaja aufs neue Freude und Beifall äußerte, und zwar wie jemand, dem es willkommen ist, solches tun zu können, obgleich die Gelegenheit davon herrührte, daß der Papa sich an einem Schwärmer die Hand verbrannt hatte und daher nicht selbst tranchierte. Als die Eßlust der munteren Schar gestillt war und Geräusch, Gesang, Musik und Tanz das Feld behaupteten, lehnte Aglaja sich zufrieden in ihren Stuhl zurück, vorgebend, daß sie vom Tagewerk nun ausruhen müsse, und es fiel ihr leicht, ihren Nachbar neben sich zu behalten, sie unterhielten sich, von der lärmenden Herbstfreude ungestört, mit großer Kurzweil und ruhigem Genügen an schlichter Wechselrede. Aglaja sah den Salomon immer wieder mit forschender Freundlichkeit an, und wenn sie dann den Blick sinnend vor sich hin richtete, betrachtete er wiederum den reizenden Kopf und die anmutige Gestalt, kurz und gut, sie wurden in diesen Stunden erklärte gute Freunde, und das liebenswerte Mädchen bat den jungen Mann beim Abschiede förmlich, seine Besuche ja doch fleißiger zu wiederholen und einen getreulichen Verkehr, den sie nicht gern entbehre, mit ihr zu unterhalten.

Sie wußte in der Folge denn auch immer neue Botschaft zu senden, etwas auszubitten oder Versprochenes zu erfüllen, das sie sich geschickt hatte ablocken lassen, und Salomon erwog im warmen Herzen, daß er jetzt endlich vor die rechte Schmiede gekommen sei.

»Das ist eine,« dachte er, »die weiß, was sie will, und steuert offen und ehrlich, ohne sich zu zieren, auf das Ziel los; ob dieses Ziel ein kluges oder unkluges ist, bin ich nicht so töricht zu untersuchen, da es mich selbst angeht. Jeder sehe, wie er zu dem Seinigen kommt!«

So wiegte er sich immer tiefer in einen Traum hinein, der süßer und lieblicher schien, als alle früheren Träume, und ein rechtes neues Leben, klar und ruhig, wie der blaue Himmel. Doch scheute er sich mit unbewußter Vorsicht, die Klarheit zu trüben und die Sache zu übereilen, sondern genoß den Winter hindurch diese noch nie erlebte Ruhe in der Leidenschaft mit wachsender Sicherheit und um so inniger, als Aglaja mehr ernster als heiterer Stimmung war und oft sich einem träumerischen Sinnen hingab, aus welchem sie dann unversehens die Augen auf ihn richtete.

»Ei,« dachte er, »lassen wir das Fischlein auch einmal ein wenig zappeln! Diese Nation hat uns schon genug geplagt!«

Aber im Frühjahr gewann es den Anschein, als ob Aglaja selbst die Sache in die Hand nehmen wolle. Sie äußerte unvermutet den Wunsch, ihre vernachlässigten Reitübungen wieder aufzunehmen, und lenkte es mit geringer Mühe so, daß Landolt als ihr Begleiter und Lehrer auserwählt wurde. Sie ritten also zusammen auf den schönsten Wegen der Umgebung, auf den Seestraßen und durch die hochgelegenen Gehölze, wobei Aglaja freilich zeigte, daß sie durchaus keines Unterrichtes mehr bedurfte. Desto vertrauter und mannigfacher waren ihre Gespräche, und sie teilten sich mit, was sie freute oder verdroß an der schönen Welt, auf der holperigen Erde.

Von den mehrfachen Liebesgeschichten Salomons mochte das eine oder das andere durchgesickert sein; gewiß war, daß von der

Proselytenschreiberei aus das letzte Abenteuer in den Mund der Leute gekommen, schon weil das tragische Ende des Besuches und der feierliche Abzug mit der Sänfte eine ausreichende Darstellung erforderte.

Hierauf bezog Landolt die Worte Aglajens, als sie bei einem Halt unter grünenden Linden, während sie die Pferde verschnaufen ließen, mit teilnahmvoller leiser Stimme zu ihm sagte:

»Liebster Freund, sie sind gewiß auch schon recht unglücklich gewesen!«

Überrascht von der plötzlichen Frage, erwiderte er mit einem lachenden Blicke bloß: »O, es macht sich so! Ich kann fast sagen wie Vetter Stille, ich sei auch schon ein paarmal luftig oder unlustig gewesen in meinem Leben!« Bei sich aber dachte er: Jetzt ist die Zeit da! Jetzt muß es geschehen! Aber sei es nun, daß er die Situation zu Pferde nicht für geeignet hielt, die Liebeserklärung mit den begleitenden Umständen einer solchen zu wagen, oder daß ein letztes Zögern der Vorsicht ihn bestimmte: er setzte die Pferde in raschen Trab, so daß die Unterhaltung abbrach. Um so wärmer aber drückte ihm Aglaja beim Abschiede die Hand, und kaum nach Hause gelangt, schrieb er ihr in wenigen Zeilen, wie lieb sie ihm sei. Sogleich schrieb sie ihm zurück, seine lieben Worte rühren, erfreuen und ehren sie; er möge sie morgen zu einem langen Spaziergange abholen, ein schicklicher Vorwand werde sich finden. In aller Frühe kam noch ein Briefchen, in welchem sie die Form und den Vorwand festsetzte, ein zufälliges Zusammentreffen zweier Besuche in gleicher Gegend, zweckmäßige Begleitung auf Fußpfaden bei dem schönen Wetter usw.

Landolt kleidete sich sorgfältiger als gewöhnlich, fast wie ein Lazedämonier, der in die Schlacht geht; er tat sogar ein Paar Granatknöpfe in die Manschetten und nahm ein schlankes Rohr mit silbernem Knaufe zur Hand.

Auch Aglaja war schon im schönsten Sommerstaat, als er kam; sie trug ein weißes, mit Veilchen bedrucktes Kleid und lange Handschuhe vom feinsten Leder. Der kostbarste Schmuck aber waren ihre Augen, mit welchen sie einen dankbar leuchtenden Blick auf Salomon warf, als sie ihm die Hand gab. Ungeduldig, wie einer, der in großer Angelegenheit einen bedeutenden Schritt weiter zu kommen hofft, drängte sie zum Aufbruch.

Wie er die seltene Gestalt auf schmalem Pfade vor sich herwandeln sah, pries er in seinem Herzen jene schlanke Agleypflanze mit ihrem Glockenhaupt, die ihn auf einen so lieblichen Weg geführt hatte. Ein Lufthauch rauschte leise in dem jungen Buchenlaub, unter welchem sie gingen, und regte leicht die Locken auf Aglajas Nacken und Schultern.

»Es ist doch eine schöne Sache um die Sprichwörter!« sagte er bei sich selbst: »Wer zuletzt lacht, lacht am besten, und Ende gut, alles gut!«

In diesem Augenblicke wendete sich Aglaja und trat, da der Weg breiter wurde, neben ihn; sie gab ihm nochmals die Hand, eine schöne Röte verklärte ihr Gesicht, und mit strahlenden Augen, die sich mit Tränen füllten, sagte sie:

»Ich danke Ihnen für Ihre edle Neigung und für Ihr Vertrauen! Es muß und wird Ihnen gut gehen und besser, als wenn ich ausersehen wäre, Sie zu beglücken! So wissen Sie denn, daß ich selbst in einer selig-unseligen Leidenschaft gefangen liege, daß ein heißgeliebter Mann mich wieder liebt, ja, daß ich geliebt bin, Ihnen darf ich es sagen!«

Und so erzählte sie mit vielen leidenschaftlich bewegten Worten ihre Liebes- und Leidensgeschichte, daß es in Deutschland geschehen sei und einen Geistlichen betreffe.

»Ein Pfaff!« sagte Landolt fast tonlos, und erst jetzt stolperte er ein wenig, trotz seines silberbeschlagenen Stabes, und obgleich nicht der kleinste Stein im Wege lag.

»O, sagen Sie nicht Pfaff!« rief sie flehentlich; »es ist ein wunderbarer Mensch! Sehen Sie her, sehen Sie in dies unergründliche Auge!«

Sie riß ein Medaillon aus dem Busen, das sie an einem wohlverborgenen Schnürchen trug, und zeigte ihm das Bildnis. Es war ein junger Mann in schwarzer Tracht, mit ziemlich regelmäßigen Gesichtszügen und allerdings großen, dunklen Augen, mit welchen manche Maler Jesum von Nazareth darstellen. Man konnte sie auch schwarze Junoaugen nennen. Landolt aber dachte, indem er das Bild mit bitteren Gefühlen, aber starren Blicken betrachtete: es sind die Augen einer Kuh!

Als sie es wieder in den weißen Busen versorgte, war es ihm, als hörte er es dort leise kichern, nach dem Wort: wer zuletzt lacht, lacht am besten!

Die Geschichte, die Aglaja nun zu erzählen fortfuhr, war aber ungefähr diese: Als halberwachsenes Mädchen schon zu einer blutsverwandten Familie in der deutschen Stadt X. gebracht, um dort ausgebildet zu werden, hatte sie im Hause derselben den jungen Geistlichen kennen gelernt, der ungeachtet seiner Jugend als Kanzelredner bereits in großem Ansehen stand. Er war sehr orthodox und hatte trotzdem einen Anflug damaliger pietistischer Schwärmerei; vom Göttlichen und Seligmachenden, von unerschöpften Liebesschätzen und der ewigen Heimat der Menschen sprach er so heißblütig und überzeugt, daß alles dies in seiner Person zugegen und verbürgt schien, und in Verbindung mit den bestrickenden Augen in dem jungen, unerfahrenen Mädchen eine unbezwingliche Sehnsucht nach dem Besitze seines Herzens erweckte, welche Sehnsucht durch eine überreiche Phantasie, die alles noch übergüldete und verklärte, zu einer süßbitteren glühenden Leidenschaft verstärkt wurde, die mit den Jahren wuchs, anstatt abzunehmen. Solch eine Leidenschaft, die sich natürlich bald verrät, hätte nicht in einem so schönen Wesen wohnen müssen, wenn sie nicht entschiedene Gegenliebe finden sollte. Allein die verwandte Familie sowohl wie das elterliche Haus waren einer Verbindung aus mehr als einem Grunde abgeneigt, und je ernster der Seelenzustand der anmutigen Aglaja wurde, desto ernster wurden auch die Schwierigkeiten, die sich ihrem Sehnen und Wünschen entgegentürmten, so daß sie zuletzt gewaltsam herausgerissen und nach Hause geholt wurde.

Da sie aber von tiefgründigem Charakter war, hielt sie nur um so beharrlicher an ihrer Neigung fest; sie wechselte Briefe mit dem Geliebten, äußerlich ruhig, innen aber von nie ruhender Hoffnung bewegt, die aufs neue mächtig aufflammte, als der junge Priester, der einen großen Herren begleitete, auf einer Schweizerreise sie zu sehen Gelegenheit fand und selbst in ihrem Hause Zutritt erhielt. Allein so geborgen seine Stellung und Zukunft schien, änderten sich die Dinge und die Gründe des Widerstandes ihrer Eltern doch nicht, welche eben von Haus aus andere Absichten mit der Tochter hegten und mit ruhiger Milde und Liebe, aber ebenso großer Ausdauer an ihrem Plane festhielten.

So standen die Sachen, als Aglaja, die sich stets nach Hülfe umsah, den Salomon Landolt auf dem beschriebenen kleinen Umwege zum Freunde und Helfer warb, der er auch wurde.

Er begleitete sie getreulich bis zu dem Landsitze, den sie aufsuchen wollte, und holte sie gegen Abend dort ab, und als sie nach Hause kamen, hatte sie ihn ganz für sich gewonnen. Er liebte und bewunderte ihre Liebe, dergleichen er noch nicht gesehen, wurde sogar für den glücklichen Geliebten eingenommen und hielt es für Recht und Pflicht und für eine Ehre, der schönen Aglaja zu helfen.

Erst sprach er mit dritten einflußreichen Personen in vertraulicher Weise und wußte die Eltern mit neuen Gesichtspunkten und Ratschlägen zu umgeben; dann sprach er mit Vater und Mutter selbst wiederholt, und bevor ein halbes Jahr verflossen war, hatte er die Wege geebnet und konnte der geistliche Herr die Braut heimführen. Sie hatte dem Freunde sogar den Titel Konsistorialrätin und Hofpredigerin zu danken, da er, um sie gut zu betten, die erhabensten und gelehrtesten Korrespondenten Zürichs in Tribulation gesetzt hatte.

Seine herzliche Teilnahme blieb ihr auch noch, als sie vier oder fünf Jahre später als einsame Witwe zurückkehrte; denn leider war der tiefe Glanz der Augen ihres Mannes zum Teil auch die Folge einer hektischen Leibesbeschaffenheit und er früh an der verzehrenden Krankheit gestorben. Ebenso verzehrend war freilich der brennende Ehrgeiz des Mannes gewesen, seine unaufhörliche Sorge für irdisches Ansehen, Beförderung und Auskommen, und Aglaja mußte vor- und nachher nie so viel heftiges Berechnen von Einkünften, Zehnten und Sporteln erleben, wie in den kurzen Jahren ihrer Ehe. Desto gefaßter und ergebener schien sie jetzt ihre Tage zu verbringen.

Dieses waren nun die fünf weiblichen Wesen und alten Liebschaften, welche bei sich zu vereinigen es den Landvogt von Greifensee gelüstete. Zwei oder drei lebten in Zürich, die anderen nicht weit davon, und es kam nur darauf an, sie in der Weise herbeizulocken, daß keine von der anderen wußte und auch jede allein kam, in der Meinung, sie werde befreundete Gesellschaft finden. Das alles beredete er mit der Frau Marianne und traf die geeigneten Veranstaltungen. Er setzte den letzten Tag des Maimonats für das große Fest an und ließ die Einladungen ergehen, welche sämtlich ohne Arg angenommen wurden, so daß bis dahin die Sache trefflich gelang.

*

Mit dem ersten Morgengrauen des 31. Mai stieg Landolt auf die oberste Warte des Schloßturmes und schaute nach dem Wetter aus. Der Himmel war ringsum wolkenlos, die Steine verglühten, im Osten begann es rosig zu werden. Da steckte er die große Herrschaftsfahne mit dem springenden Greifen auf den Wimperg der Burg, und hinter die Ringmauer stellte er zwei kleine Kanonen, um mit ihrem Donner die ankommenden Schönen zu begrüßen. Um sicher zu sein, hatte er dafür gesorgt, daß jede mit besonderem Fuhrwerk abgeholt und herbeikutschiert wurde. Die gesamte Dienerschaft mußte sich in den Sonntagsstaat hüllen; das Zierlichste aber war sein Affe Kokko, welcher, für diesen Tag besonders abgerichtet, als eisgraues Mütterchen gekleidet, auf einem mächtigen Haubenbande die Inschrift trug: Ich bin die Zeit!

Im Innern des Hauses stand die Frau Marianne als Haushofmeisterin bereit in einer verjährten, reichen Tracht mit katholisch-tirolischem Pomp; ihr war zur Seite gegeben ein schöner vierzehnjähriger Knabe, welchen der Landvogt eigens ausgesucht und in das Gewand einer reizenden Zofe gekleidet hatte, die zur Bedienung der Damen bestimmt wäre.

Gegen neun Uhr erdröhnte der erste Kanonenschuß; man sah zwischen den Räumen und Hecken gemächlich eine Kutsche daherfahren, in welcher Figura Leu saß. Als der Wagen vor dem Schloßtore hielt, sprang der Affe mit einem großen, duftigen Strauße von Rosen hinauf und drückte ihr denselben mit possierlichen Gebärden in die Hände. Den Rebus augenblicklich verstehend, nahm sie den Kokko samt den Rosen auf den Arm und rief im Aussteigen erfreut und voll Heiterkeit, indem der Landvogt, den Degen an der Seite und den Hut in der Hand, ihr grüßend den Arm bot: »was gibt es denn alles bei Ihnen, was bedeutet die Fahne auf dem Dache, die Kanone, und die Zeit, die Rosen bringt?«

Da sie ganz schuldlos und ihm die liebste war, so weihte er sie in das Geheimnis ein und anvertraute ihr, daß heut alle fünf Bewußten hier zusammentreffen würden. Sie errötete zuerst. Als sie aber ein wenig nachgedacht, lächelte sie nicht unfein. »Sie sind ein Schelm und ein Possenreißer!« sagte sie; »nehmen Sie sich in acht, wir werden sie ans Kreuz schlagen und Ihren Affen braten, samt seinen Rosen, *singe aux roses!* nicht wahr, Kokko, kleiner Landvogt?«

Kaum hatte er sie in die Wohnung hinaufgeführt, wo sie von Frau Marianne und dem Zofenknaben sogleich bedient wurde, so donnerte das Geschütz von neuem, und es fuhren zwei Wagen gleichzeitig vor. Es waren Wendelgard und Salome, der Kapitän und der Distelfink, welche ankamen und sich schon auf dem Wege gegenseitig gewundert hatten, wer in der andern stets in Sicht fahrenden Kutsche sein möge. Diese zwei Damen wußten voneinander und ihren einstmaligen Beziehungen zum Landvogt; sie betrachteten sich schnell mit neugierigen Blicken, wurden aber bald abgezogen durch Kokko, der mit neuen Rosen gehüpft kam, und Landolt, der sie, an jedem Arme eine, ins Haus führte.

Dort hatte inzwischen Frau Marianne ihr erstes Examen mit Figura eben beendigt; da sie dieselbe unschuldig wußte, so verhielt sie sich gnädig und menschlich gegen sie; desto feuriger funkelten aber ihre Augen, als Salome und Wendelgard eintraten. Die Flügel ihrer Hakennase und die Oberlippe, auf welcher ein schwärzlicher Schnurrbart lag, zitterten leidenschaftlich den zwei schönen Frauen entgegen, die einst vom Landvogt abgefallen waren, und es bedurfte eines strengen Blickes des Herrn, um die treue Haushälterin im Zaume zu halten und sie zu einem leidlich höflichen Benehmen zu zwingen.

Auch die Aglaja, die nun anlangte und auf gleiche Weise empfangen wurde, wie ihre Vorgängerinnen, mußte eine sehr kritische Besichtigung aushalten, da noch nicht entschieden war, ob die Tat, die sie an Landolfen getan, um einen Helfer in der Not zu gewinnen, verzeihlich oder unverzeihlich sei. Die Alte ließ sie jedoch mit einem heimlichen Murren passieren, in Betracht, daß Aglaja immerhin einer echten Liebe fähig gewesen und nach der ersten Neigung geheiratet habe.

Kaum eines Blickes aber würdigte sie die Grasmücke, deren Ankunft die letzten Kanonenschüsse verkündigten. Was sollte sie mit einer Fliege, die gewagt hatte, mit dem Herrn Landvogt anzubinden, und sich dann doch vor ihm scheute?

Der Landvogt merkte gleich, daß die zarte Grasmücke, die so schon fast zitterte und nicht wußte, wie sich wenden unter den Prachtgestalten, verloren war vor der alten Husarin, und befahl sie mit wenigen heimlichen Worten in den besonderen Schutz der Figura, die sich sofort ihrer annahm. Im übrigen geschah jetzt ein großes Vorstellen und Begrüßen; die Figura Leu ausgenommen, sahen sich die hübschen Frauen gegenseitig und übers Kreuz an und wußten nicht, woran sie waren; denn natürlich kannten sie sich alle vom Sehen und Hörensagen schon, abgesehen von der Schwägerschaft zwischen Wendelgard und Figura. Doch verbreitete letztere so gut wie des Landvogts glückliche Stimmung sogleich einen heiteren, vergnügten Ton; auch wurde keiner müßigen Spannung Raum gelassen, vielmehr ein leichtes Frühstück herumgeboten, in Tee und süßem Wein mit Gebäck bestehend. Frau Marianne besorgte das Einschenken, der Knabe trug die Tassen und Gläschen herum, und die Damen betrachteten alles neugierig, besonders die vermeintliche junge Zofe, die ihnen etwas verdächtig erschien. Dann beguckten sie herumgehend die Wände rings, die Einrichtung des Zimmers und wiederum eine die andere, während Landolt eine nach der anderen höflich vertraut ansprach und mit zufriedenem Auge prüfte und verglich, bis sie endlich über ihre Lage klar wurden und merkten, daß sie in einen Hinterhalt geraten waren, sie fingen wechselweise an zu erröten und zu lächeln, endlich zu lachen, ohne daß jedoch der Grund und das offene Geheimnis ausgesprochen wurde; denn der Landvogt dämpfte unversehens die Fröhlichkeit mit der feierlich ernsten Entschuldigung, daß er jetzo eine kurze Stunde seinem Amte leben und als Richter einige Fälle abwandeln müsse. Da es alles leichtere Sachen und kleine Ehestreitigkeiten seien, meinte er, würde es die Damen vielleicht unterhalten, den Verhandlungen beizuwohnen. Sie nahmen die Einladung dankbar an, und er führte sie demgemäß in die große Amtsstube, wo sie auf Stühlen zu beiden Seiten seines Richterstuhles Platz nahmen, gleich Geschworenen, während der Schreiber an seinem Tischchen vor ihnen in der Mitte saß.

Der Amtsdiener oder Weibel führte nunmehr ein ländliches Ehepaar herein, welches in großem Unfrieden lebte, ohne daß der Landvogt bis jetzt hatte ermitteln können, auf welcher Seite die Schuld lag, weil sie sich gegenseitig mit Klagen und Anschuldigungen überhäuften und keines verlegen war, auf die grobe Münze des andern Kleingeld genug herauszugeben. Neulich hatte die Frau dem Manne ein Becken voll heißer Mehlsuppe an den Kopf geworfen, so daß er jetzt mit verbrühtem Schädel dastand und bereits ganze Büschel seines Haares herunterfielen, was er mit höchster Unruhe alle Augenblicke prüfte, und es doch gleich wieder bereute, wenn ihm jedesmal ein neuer Wisch in der Hand blieb. Die Frau aber leugnete die Tat rundweg und behauptete, der Mann habe in seiner tollen Wut die Suppenschüssel für seine Pelzmütze angesehen und sich auf den Kopf stülpen wollen. Der Landvogt, um auf seine Weise einen Ausweg zu finden, ließ die Frau abtreten und sagte hierauf zum Manne: »Ich sehe wohl, daß du der leidende Teil und ein armer Hiob bist, Hans Jakob, und daß das Unrecht und die Teufelei auf seiten deiner Frau sind. Ich werde sie daher am nächsten Sonntag in das Drillhäuschen am Markt setzen lassen, und du selber sollst sie vor der ganzen Gemeinde herum drehen, bis dein Herz genug hat und sie gezähmt ist!« Allein der Bauer erschrak über diesen Spruch und bat den Landvogt angelegentlich, davon abzustehen. Denn wenn seine Frau, sagte er, auch ein böses Weib sei, so sei sie immerhin seine Frau, und es gezieme ihm nicht, sie in solcher Art der öffentlichen Schande preiszugeben. Er möchte bitten, es etwa bei einem kräftigen Verweise bewenden lassen zu wollen. Hierauf ließ der Landvogt den Mann hinausgehen und die Frau wieder eintreten. »Euer Mann ist«, sagte er zu ihr, »allem Anscheine nach ein Taugenichts und hat sich selbst den Kopf verbrüht, um Euch ins Unglück zu stürzen. Seine ausgesuchte Bosheit verdient die gehörige Strafe, die Ihr selbst vollziehen sollt! Wir wollen den Kerl am Sonntag in das Drillhäuschen setzen, und Ihr möget ihn alsdann vor allem Volk so lange drillen, als Euer Herz verlangt!« Die Frau hüpfte, als sie das hörte, vor Freuden in die Höhe, dankte dem Herrn Landvogt für den guten Spruch und schwur, daß sie die Drille so gut drehen und nicht müde werden wolle, bis ihm die Seele im Leibe weh tue!

»Nun sehen wir, wo der Teufel sitzt!« sagte der Landvogt in strengem Ton und verurteilte das böse Weib, drei Tage bei Wasser und Brot im Turm eingesperrt zu werden. Zornig blickte der Drache um sich, und als sie links und rechts die Frauen mit den Rosen sitzen sah, die sie furchtsam betrachteten, streckte sie nach beiden Zeiten die Zunge heraus, ehe sie abgeführt wurde.

Jetzt erschien ein ganz abgehärmtes Ehepaar, das den Frieden nicht finden konnte, ohne zu wissen, warum. Die Quelle des Unglücks lag aber darin, daß Mann und Frau vom ersten Tage an nie miteinander ordentlich gesprochen und sich das Wort gegönnt hatten, und dieses kam wiederum daher, daß es beiden gleichmäßig an jeder äußeren Anmut fehlte, die einem Verweilen auf irgendeinem Versöhnungspunkte gerufen hätte. Der Mann, der ein Schneider war, besaß ein tiefes Gerechtigkeitsgefühl, wie er meinte, und grübelte während des Nähens unaufhörlich über dasselbe nach, während andere Schneider etwa ein Liedchen singen oder einen schnöden Spaß ausdenken; die Frau besorgte ausschließlich das kleine Ackergütchen und nahm sich bei der Arbeit vor, beim nächsten Auftritt nicht nachzugeben, und da sie beide fleißige Leute waren, so fanden sie fast nur während des Essens die zum Zanken nötige Zeit. Aber auch diese konnten sie nicht gehörig ausnützen, weil sie gleich im Beginn des Wortwechsels nebeneinander vorbeischossen mit ihren gespitzten Pfeilen und in unbekannte Sumpfgegenden gerieten, wo kein regelrechtes Gefecht mehr möglich war und das Wort in stummer Wut erstickte. Bei dieser Lebensweise schlug ihnen die Nahrung nicht gut an, und sie sahen aus wie Teuerung und Elend, obgleich sie, wie gesagt, nur an Liebenswürdigkeit ganz arm waren, freilich das ärmste Proletariat. Gestern war der Zorn des Mannes auf das äußerste gestiegen, so daß er aufsprang und vom Tische weglief, weil aber das durchlöcherte Tischtuch an einem seiner Westenknöpfe hängen blieb, zog er dasselbe samt der Hafersuppe, der Krautschüssel und den Tellern mit und warf alles auf den Boden. Die Frau nahm das für eine absichtliche Gewalttat, und der Schneider ließ sie, plötzlich von Klugheit erleuchtet, bei diesem Glauben, um sein Ansehen zu stärken und seine Kraft zu zeigen. Die Frau aber wollte dergleichen nicht erdulden und verklagte ihn beim Landvogt.

Als dieser sie nun nacheinander abhörte und ihr trostloses Zänkeln, das gar keinen Kompaß noch Steuerruder hatte, wahrnahm, erkannte er die Natur ihres Handels und verurteilte das Paar zu vier Wochen Gefängnis und zum Gebrauch des Ehelöffels. Auf seinen Wink nahm der Weibel dieses Gerät von der Wand, wo es an einem eisernen Kettlein hing. Es war ein ganz sauber aus Lindenholz geschnitzter Doppellöffel mit zwei Kellen am selben Stiele, doch so beschaffen, daß die eine aufwärts, die andere abwärts gekehlt war.

»Seht,« sagte der Landvogt, »dieser Löffel ist aus einem Lindenbaume gemacht, dem Baume der Liebe, des Friedens und der Gerechtigkeit. Denket beim Essen, wenn ihr einander den Löffel reicht (denn einen zweiten bekommt ihr nicht), an eine grüne Linde, die in Blüte steht und auf der die Vögel singen, über welche des Himmels Wolken ziehen und in deren Schatten die Liebenden sitzen, die Richter tagen und der Friede geschlossen wird!«

Das Männlein mußte den Löffel tragen, die Frau folgte ihm mit der Schürze an den Augen, und so wandelte das bleiche, magere Pärchen trübselig an den Ort seiner Bestimmung, von wo es nach vier Wochen versöhnt und einig und sogar mit einem zarten Anflug von Wangenrot wieder hervorging.

Nach diesem wurde, und zwar aus dem Gefängnis, eine verdrießliche, dicke Frau vorgeführt, die mürrisch um sich blickte und sich nicht wohl befand. Es war die Gattin eines Untervogts, welche ihren Mann beredet hatte, den Landvogt mit einem Kalbsviertel zu bestechen, daß er ihnen günstig gesinnt würde und durch die Finger sehe. Herr Landolt hatte die Frau, die das Fleisch selbst hertrug und scherwenzelnd überreichte, so lange in den Turm gesetzt, bis das Viertelskalb von ihr aufgegessen war, das sorgfältig für sie gekocht wurde. Sie hatte sich begreiflicherweise damit beeilt, so sehr sie konnte, und vermochte nun ein gewisses Mißbehagen nicht zu verbergen. Der Landvogt eröffnete ihr, daß die Verzehrung des Kalbsviertels als Strafe für einen Bestechungsversuch anzusehen sei, daß aber für die Verleitung des eigenen Ehemannes zum Bösen eine Geldstrafe von fünfundzwanzig Gulden und für die nachgiebige Schwäche des Mannes eine Buße von wiederum fünfundzwanzig Gulden auferlegt werde, was der Schreiber vormerken möge. Die dicke Frau machte eine ungeschickte Verbeugung und watschelte, mit beiden Händen den Bauch haltend, von dannen.

Zwei Schwestern von schöner Leibesbeschaffenheit waren angeschuldigt, den stillen und harmlosen Ehemännern nachzustellen und Zwietracht und Unglück in den Haushaltungen zu stiften, und überdies ihre eigene alte Mutter auf dem Krankenlager hülflos hungern und dahinsiechen zu lassen. Vor das Gericht des Landvogts gerufen, erschienen sie in verlockend üppigem Gewande, die Haare in verwegener Weise geputzt und mit Blumen geschmückt; und mit süßem Lächeln, feurige Blicke auf den Landvogt werfend, traten sie auf. Ihre freche Absicht erkennend, brachte er das Verhör sofort zu Ende und befahl, sie hinauszuführen, ihnen die schönen Haare am Kopfe wegzuschneiden, die Dirnen mit Ruten zu streichen und sie so lange an das Spinnrad zu setzen, bis sie einiges für den Unterhalt der Mutter verdient hätten.

Hierauf erschienen zwei religiöse Sektierer als Kläger; die hatten dem Landvogte den Bürgereid verweigert und sich beharrlich der Erfüllung aller bürgerlichen Pflichten widersetzt, ohne den wiederholten gütlichen Ermahnungen irgendwie Gehör zu geben, alles unter Hinweis auf ihren Glauben und inneren Beruf. Sie beklagten sich jetzt über arme Leute, welche in ihre Waldungen gedrungen seien und sich nach Belieben mit Brennholz versehen hätten.

»Wer seid ihr?« sagte der Landvogt, »ich kenne euch nicht!«

»Wie ist das möglich?« riefen sie, indem sie ihre Namen nannten. »Ihr habt uns ja schon mehrmals hierher berufen und den Amtsboten zu uns gesandt mit schriftlichen und mündlichen Befehlen!«

»Ich kenne euch dennoch nicht!« fuhr er kaltblütig fort; »da ihr selbst daran erinnert, wie ihr keine bürgerlichen Pflichten anerkannt habt, so vermag ich euch kein Recht zu erteilen; geht und suchet, wo ihr es findet!«

Betroffen schlichen sie hinaus und suchten schleunig das Recht durch die Erfüllung der Pflichten.

In ähnlicher Weise beschied er noch einige Parteien und Vorgeladene mit seinen guten Einfällen: er schlichtete Zwistigkeiten und bestrafte die Nichtsnutzigen, und es war insbesondere zu beachten, daß er, den Fall mit dem bestechungssüchtigen Untervogt ausgenommen, keine einzige Geldbuße aussprach und nicht einen Schilling bezog, wahrend doch die Vögte diese Seite der Gerichtsbarkeit als eine Quelle ihrer Einnahmen zu benutzen angewiesen waren und sie nicht selten mißbrauchten. Seine Rechtsprechung stand deshalb bei hoch und niedrig in gutem Geruche; seine Urteile wurden in zwiefachem Sinne als salomonische bezeichnet, und die heutige Sitzung nannten die Leute noch lange wegen des Rosenduftes, der den Saal erfüllte, das Rosengericht des Landvogts Salomon.

Nun war er aber froh, daß das Geschäft, das er wegen der Vorbereitungen zum heutigen Festtage so lange hinausgeschoben hatte, bis es notgedrungen auf diesen Tag selbst fiel, abgetan war. Er lud die Frauen ein, sich noch einen Augenblick im Freien zu ergehen, um vor dem Mittagsmahle, das sie allerseits wohl verdient hätten, frische Luft zu schöpfen; und als sie im Garten am Seeufer unter sich waren, atmeten sie wirklich auf; denn sie waren ganz ängstlich geworden über die sichere Art, mit welcher dieser Junggeselle die Ehesachen erkannt und behandelt hatte. Die eine oder andere, welche ihn bis jetzt vielleicht nicht für sehr klug gehalten, zerbrach sich sogar nachdenklich den Kopf, was es eigentlich für eine Bewandtnis mit ihm haben möge. Sie wurden aber alle von ihren mißtrauischen Gedanken abgezogen, als sie den Affen Kokko kläglich heranhopsen sahen, den man seiner unbequemen Kleider zu entledigen vergessen hatte. Die Haube war verschoben und hing ihm über das Gesicht, ohne daß er sie wegbrachte, und die Kleider verwickelten ihm die Beine oder hingen am Schwanz, und er machte hundert Anstrengungen, sich davon zu befreien. Mitleidig erlösten die Frauen den Affen von aller Unbequemlichkeit, und nun vertrieb er ihnen die Zeit mit den artigsten Possen und Streichen, daß alle Bedenken und Melancholien aus ihren schönen Häuptern entwichen und der Landvogt sie in einem fröhlichen Gelächter fand, als er sie, von zwei Dienern gefolgt, abholte und zum Essen führte.

»Ei!« rief er, »so hör' ich gern zu Tische läuten! Wenn die Damen zusammen lachen, so klingt es ja, wie wenn man das Glockenspiel eines Cäcilienkirchleins hörte! Welche läutete denn mit dem schönen Alt? Sie, Wendelgard? Und welche führte das helle Sturmglöcklein, wie wenn das Herz brennte? Sie, Aglaja? Welche das mittlere Vesperglöckchen, das freundliche? Es gehört Ihnen, Salome! Das silberne Betglöcklein bimmelt in Ihrem purpurnen Glockenstübchen, Barbara Thumeysen. Und wer mit dem goldenen Feierabend läutet, den kennt man schon, 's ist mein Hanswurstel, die Figura!«

»Wie unartig!« riefen die vier anderen Glocken, »eine von uns Hanswurstel zu schelten!« Denn sie wußten nicht, daß sie alle solche Kosenamen besaßen, aber nur Figura Leu den ihrigen kannte und genehmigt hatte.

Das feine spröde Eis über den Herzen war nun vollends gebrochen. Das Gemach, in welchem der Tisch gedeckt war, leuchtete vom Glanze des blauen Himmels und des noch blaueren Seespiegels, der durch die hohen Fenster hereinströmte; wenn aber das Auge hinausschweifte, so wurde es gleich beruhigt durch das jenseitige junggrüne Maienland. Auf dem runden Tisch inmitten des Gemaches glänzte ein zarter Frühling von Blumen und Lichtfunken; denn er war auf das zierlichste gedeckt und geschmückt mit allem, was der Landvogt aus den Gärten, wie aus den Schränken und der Altväterzeit hatte herbeibringen können.

Sechs Stühle mit hohen Lehnen standen um den Tisch, jeder vom anderen so weit entfernt, daß der Inhaber sich bequem und frei bewegen, den nächsten Nachbarn sehen und sich würdig mit ihm unterhalten konnte, nach rechts, wie nach links hin; genug, es war eine Anordnung, als ob die Tafelrunde für lauter Kurfürsten gedeckt wäre, und es fehlte nur das eigene Büfett hinter jedem Stuhle. Dafür thronte das große Schloßbüfett im Hintergrunde um so großartiger mit seinem altertümlichen Geräte.

An diesem Büfett, die eine Hand auf dasselbe gelegt, die andere gegen die Hüfte gestemmt, stand bereits die Frau Marianne wie ein Marschall, in scharlachrotem Rocke und schwarzer Sammetjacke; über die gefältelte Halskrause hing ein großes silbernes Kruzifix auf die Brust herab, und der gebräunte Hals war noch extra von filigranischem Schmuckwerk umschlossen. Auf dem ergrauenden Haar trug sie eine Haube von Marderpelz; das im Gürtel hängende weiße Vortuch bezeichnete ihr Amt. Aber unter den schwarzen Augenbrauen hervor schoß sie gestrenge Blicke im Saale umher, als ob sie die Herrin wäre.

Der Respekt, den sie einflößte, verscheuchte indessen die einmal erwachte Heiterkeit nicht, und die fünf Frauen nahmen nach der Anweisung des Landvogts mit frohem Lächeln ihre Plätze. Zu seiner Rechten setzte er die Figura Leu, zu seiner Linken die Aglaja, sich gegenüber die älteste der Flammen, Salome, und auf die zwei übrigen Stühle Wendelgarden und die Grasmücke. Mit einem warmen Glücksgefühle sah er sie so an seinen Tische versammelt und unterhielt das Gespräch nach allen Seiten mit großer Beflissenheit, damit er ohne Verletzung des guten Tones alle der Reihe nach ansehen konnte, vor- und rückwärts gezählt und überspringend, wie es ihn gelüstete.

Frau Marianne schöpfte am Büfett die Suppe; der verkleidete Junge, ein wohlunterrichtetes, schlaues Pfarrsöhnchen der Umgegend, trug und setzte die Teller hin. Er sah einem achtzehnjährigen Fräulein ähnlich und schlug fortwährend verschämt die Augen nieder, wenn er angeredet wurde, gehorchte der Marianne auf den Wink und stellte sich stumm neben die Tür, sobald eine Sache verrichtet war. Aber wenn der Landvogt das angebliche Mädchen etwa herbeirief und demselben sanft vertraulich einen Auftrag erteilte, welchen es mit Eifer vollzog, verwunderten die Flammen sich aufs neue über die unbekannte Zofe, von der sie noch nie gehört, und ließen manchen Blick über sie wegstreifen. Doch wurde das Geplauder dadurch nicht beeinträchtigt, vielmehr immer lebhafter und fröhlicher, und das bewußte Geläute klingelte so harmonisch und eilfertig durcheinander, als ob in einer Stadt ein Papst einziehen wollte.

Wie wenn er nun drin wäre, wurde es einen Augenblick still, welchen Wendelgard wahrnahm, nach der Gelegenheit und Größe der Herrschaft Greifensee zu fragen, da sie im geheimen gern das Maß ihres Glückes gekannt hätte, welches als Landvögtin ihr geworden wäre. Die anderen Frauen wunderten sich, wie eine Bürgerin dergleichen nicht wisse; Landolt jedoch erzählte ihr, daß die Feste, Stadt und Burg Greifensee mit Land und Leuten im Jahre 1402 vom letzten Grafen von Toggenburg den Zürchern für sechstausend Gulden verpfändet und nicht mehr eingelöst worden sei, und daß diese Herrschaft zu den kleineren gehöre und nur einundzwanzig Ortschaften zähle. Übrigens sei das jetzige Schloß und Städtchen nicht mehr das ursprüngliche, welches bekanntlich im Jahre 1444 von den Eidgenossen, die alle gegen Zürich im Kriege gelegen, zerstört worden. Sich die Zeiten jenes langen und bitteren Bürgerkrieges vergegenwärtigend, verlor sich der Landvogt in eine

Schilderung des Unterganges der neunundsechzig Männer, welche die Burg fast während des ganzen Maimonats hindurch gegen die Übermacht der Belagerer verteidigt hatten; wie durch die schreckliche Sitte des Parteikampfes, den Besiegten unter der Form des Gerichtes zu vertilgen, und um durch Schrecken zu wirken, sechzig dieser Männer, nachdem sie sich endlich ergeben, auf dem Platze hingerichtet worden seien, voran der treue Führer Wildhans von Landenberg. Vornehmlich aber verweilte er bei den Verhandlungen der Kriegsgemeinde, die auf der Matte zu Nänikon über Leben oder Tod der Getreuen stattfanden. Er schilderte die Fürsprache gerechter Männer, welche unerschrocken für Gnade und Milde eintraten und auf die ehrliche Pflichttreue der Gefangenen hinwiesen, sowie die wilden Reden der Rachsüchtigen, die jenen mit einschüchternder Verdächtigung entgegentraten, den leidenschaftlichen Dialog, der auf diese Weise im Angesichte der Todesopfer gehalten wurde und mit dem harten Bluturteil über alle endigte. Die geheimnisvolle Grausamkeit, mit welcher ein so großes Mehr bei der Abstimmung sich offenbarte, daß gar nicht gezählt wurde, das unmittelbar darauf erfolgende Vortreten des Scharfrichters, den die Schweizer in ihren Kriegen mitführten, wie jetzt etwa den Arzt oder Feldprediger, das Herbeieilen der um Gnade flehenden Greise, Weiber und Kinder, die starre Unbarmherzigkeit der Mehrheit und ihres Führers Itel Reding, alles dies stellte sich anschaulich dar. Dann hörten die Frauen mit stillem Grausen den Gang der Hinrichtung, wie der Hauptmann der Zürcher, um den Seinigen mit dem männlichen Beispiel in der Todesnot voranzugehen, zuerst das Haupt hinzulegen verlangte, damit keiner glaube, er hoffe etwa auf eine Sinnesänderung oder ein unvorhergesehenes Ereignis; wie dann der Scharfrichter erst von Haupt zu Haupt, dann je bei dem zehnten Mann innehielt und der Gnade gewärtig war, ja selbst um dieselbe flehte, allein stets zur Antwort erhielt: »Schweig und richte!« bis sechzig Unschuldige in ihrem Blute lagen, die letzten noch bei Fackelschein enthauptet. Nur ein paar unmündige Knaben und gebrochene Greise entgingen dem Gerichte, mehr aus Unachtsamkeit oder Müdigkeit des richtenden Volkes als aus dessen Barmherzigkeit.

Die guten Frauen seufzten ordentlich auf, als die Erzählung zu ihrem Troste fertig war; sie hatten zuletzt atemlos zugehört; denn der Landvogt hatte so lebendig geschildert, daß man die nächtliche Wiese und den Ring der wilden Kriegsmänner im roten Fackellichte statt des blumen- und becherbedeckten Tisches im Scheine der Frühlingssonne vor sich zu sehen meinte.

»Das war freilich eine unheimliche Versammlung, eine solche Kriegsgemeinde«, sagte der Landvogt, »sei es, daß sie den Angriff beschloß oder daß sie ein Bluturteil fällte. Aber nun ist es Zeit,« fuhr er mit veränderter Stimme fort, »daß wir diese Dinge verlassen, und uns wieder uns selbst zuwenden! Meine schönen Herzdamen! Ich möchte Euch einladen, nunmehr auch eine kleine, aber friedlichere Gemeinde zu formieren, eine Beratung abzuhalten und ein Urteil zu fällen über einen Gegenstand, der mich nahe angeht und welchen ich Euch sogleich vorlegen werde, wenn Ihr mir Euer geneigtes Gehör nicht versagen wollt, das seinen Sitz in so viel zierlichen Ohrmuscheln hat! Vorerst aber mag das Publikum hinausgehen, da die Verhandlung geheim sein muß!«

Er winkte der Haushälterin und ihrem Adjutanten, und diese entfernten sich, während er die Stimme erhob und, von etwas verlegenem Räuspern unterbrochen, weiter redete, auch die zehn weißen Ohrmuscheln mäuschenstille standen.

»Ich habe Euch, Verehrte, heute mit dem Sprichworte: Zeit bringt Rosen! begrüßt, und sicherlich war es wohl angebracht, da sie mir ein magisches Pentagramma von fünf so schönen Häuptern vor das Auge gezeichnet hat, in welchem die zauberkräftige Linie geheimnisvoll von einem Haupte zum anderen zieht, sich kreuzt und auf jedem Punkt in sich selbst zurückkehrt, alles Unheil von mir abwendend!

»Ja, wie gut haben es Zeit und Schicksal mit mir gemeint! Denn hätte mich die erste von Euch genommen, so wäre ich nicht an die zweite geraten; hätte die zweite mir die Hand gereicht, so wäre die dritte mir ewig verborgen geblieben, und so weiter, und ich genösse nicht des Glückes, einen fünffachen Spiegel der Erinnerung zu besitzen, von keinem Hauche der rauhen Wirklichkeit getrübt; in einem Turme der Freundschaft zu wohnen, dessen Quadern von Liebesgöttern aufeinander gefügt worden sind! – Wohl sind es die Rosen der Entsagung, welche die Zeit mir gebracht hat; aber wie herrlich und dauerhaft sind sie! Wie unvermindert an Schönheit und Jugend sehe ich Euch vor mir blühen, wahrhaftig, keine einzige scheint auch nur um ein Härlein wanken und weichen zu wollen vor den Stürmen des Lebens! vor allem wollen wir erst hierauf anstoßen! Eure Herzen und Eure Augen sollen lange leben, o Salome, o Figura, Wendelgard, Barbara, Aglaja!«

Sie erhoben sich alle mit geröteten Wangen und lächelten ihm holdselig zu, als sie ihre Gläser mit ihm anklingen ließen; nur Figura flüsterte ihm ins Ohr: »Wo wollt Ihr hinaus, Schalksnarr?«

»Ruhig, Hanswurstel!« sagte der Landvogt, und als sie wieder Platz genommen hatten, fuhr er fort:

»Aber die Entsagung kann sich nie genug tun, und wenn sie nichts mehr findet, ihm zu entsagen, so endigt sie damit, sich selbst zu entsagen. Dies scheint ein schlechtes Wortspiel zu sein; allein es bezeichnet nichtsdestoweniger die bedenkliche Lage, in welche ich mich durch die Verhältnisse gebracht sehe. Die Bekleidung oberer Staatsämter, die Führung eines großen Haushaltes lassen es nicht mehr zu, daß ich ohne Schaden unbeweibt fortlebe; man dringt in mich, diesen unverehelichten Stand aufzugeben, um an der Spitze einer Herrschaft, als Richter und Verwaltungsmann selbst das Beispiel eines wirklichen Hausvaters zu sein, und was es alles für Redensarten sind, mit welchen man mich bedrängt und ängstigt. Kurz, es bleibt mir nichts anderes übrig, als meinen stillen Erinnerungssternen zu entsagen und der Not zu weichen. Werf' ich nun meine Blicke aus, so kann natürlich nicht mehr von Liebe und Neigung die Rede sein, die von dem Pentagramma gebannt sind, sondern es ist das kalte Licht der Notwendigkeit und gemeinen Nützlichkeit, das meinem Entschlusse leuchten muß. Zwei wackere Geschöpfe sind es, zwischen denen das Zünglein der Wahl innesteht, und die Entscheidung habe ich Euch zugedacht, geliebte Freundinnen! Ein weltkundiger Berater und geistlicher Herr hat mir gesagt, ich soll entweder eine ganz erfahrene Alte oder aber eine ganz Junge nehmen, nur nicht, was in der Mitte liege. Beide sind nun gefunden, und welche Ihr mir zu raten beschließt, die soll es unwiderruflich sein! Die Alte, es ist meine brave Haushälterin, Frau Marianne, welche meinem Haushalt bis anher trefflich vorgestanden hat; etwas rauh und räucherig ist sie, aber brav und tugendhaft und doch einmal schön gewesen, wenn es auch lange her ist; sie braucht nur den

Namen zu wechseln, und alles ist in Ordnung. Die andere ist die junge Magd, die uns beim Essen bedient hat, eine weitläufige Anverwandte der Marianne, die sie zur Hülfe und Probe herbeigezogen hat; es scheint ein sanftes und wohlgeartetes Kind zu sein, arm, aber gesund, wahrheitsliebend und unverstellt. Weiter sag' ich in diesem Punkte nichts, Ihr versteht mich! Nun erwäget, beratet Euch, tauscht Eure Gedanken aus, tut mir den Liebesdienst und stimmet dann friedlich ab; die Mehrheit entscheidet, wenn keine Einstimmigkeit zu erzielen ist. Ich gehe jetzt hinaus; hier ist ein ehernes Glöcklein; wenn Ihr das Urteil gefunden habt, so läutet damit, so stark Ihr könnt, damit ich komme und mein Schicksal aus Euren weißen Händen empfange!«

Nach diesen Worten, die er in ungewöhnlich ernstem Tone gesprochen, verließ er so rasch das Zimmer, daß keine der Frauen Zeit fand, ein Wort dazwischen zu werfen. So saßen sie nun erstaunt und schweigend auf ihren Stühlen gleich fünf Staatsräten und sahen sich an. Sie waren so überrascht, daß keine einen Laut hervorbrachte, bis Salome zuerst sich faßte und rief: »Das kann nicht so gehen! Wenn der Landvogt heiraten will, so muß man ihm für etwas Rechtes sorgen! Er ist jetzt ein gemachter Mann, und ich will bald gefunden haben, was für ihn paßt; auf dieser Marotte darf man ihn keinenfalls lassen!«

»Das ist auch meine Ansicht,« sagte Aglaja nachdenklich; »es muß Zeit gewonnen werden.«

»Das glaub' ich, du nähmst ihn am Ende noch selbst,« dachte Salome; »aber es wird nichts daraus, ich weiß ihm schon eine!« Laut sagte sie: »Ja, vor allem müssen wir Zeit gewinnen! Wir wollen klingeln und ihm eröffnen, daß wir nicht jetzt entscheiden, sondern den Ratschlag verschieben wollen!«

Sie streckte schon die Hand nach der Glocke aus; doch die Jüngste, Barbara Thumeysen, hielt sie zurück und rief mit ziemlich kräftigem Stimmlein:

»Ich widersetze mich einer Verschiebung; er soll heiraten, das ist wohlanständig, und zwar stimme ich für die alte Haushälterin; denn es ist nicht schicklich, daß er jetzt noch ein ganz junges Ding zur Frau nimmt!«

»Pfui!« sagte jetzt Wendelgard, »die alte Rassel! Ich stimme für die Junge! Sie ist hübsch und wird sich von ihm ziehen lassen, wie er sie haben will; denn sie ist auch bescheiden. Und wenn sie arm ist, wird sie um so dankbarer sein!«

Gereizt wendeten Salome und Aglaja zusammen ein, daß es sich zuerst darum handle, ob man heute eintreten oder verschieben wolle. Noch gereizter rief Barbara, sie stimme für das Eintreten und für die Alte; wolle man aber verschieben, so behalte sie sich vor, unter den ehrbaren und bestandenen Töchtern der Stadt selbst auch eine Umschau zu halten; es gebe mehr als eine würdige Dekanstochter zu versorgen, deren schöne Tugenden und Grundsätze dem immer noch etwas zu lustigen und phantastischen Herrn Landvogt zugut kommen würden.

Es gab nun ein beinahe heftiges Durcheinanderreden. Nur Figura Leu hatte noch nichts gesagt. Sie war blaß geworden und sie fühlte ihr Herz gepreßt, daß sie nichts sagen konnte. Obgleich sie sonst alle Streiche und Einfälle des Landvogts sogleich verstand, hielt sie doch den jetzigen Scherz, gerade weil sie jenen liebte, für baren Ernst; sie sah endlich herangekommen, was sie längst für ihn gewünscht und für sich gefürchtet hatte. Aber entschlossen nahm sie sich endlich zusammen und erbat sich Gehör.

»Meine Freundinnen!« sagte sie, »ich glaube, mit einer Verschiebung gewinnen wir nichts; vielmehr halte ich dafür, daß er bereits entschlossen ist, und zwar für die Junge, und von uns aus Courtoisie und Lust an Scherzen eine Bestätigung holen will. Daß er die Frau Marianne heiratet, glaub' ich nie und nimmer, und sie sieht auch gar nicht darnach aus, als ob sie einem solchen Vorhaben entgegenkommen würde; dazu ist die Alte zu klug: Wenn wir aber nichts beschließen oder, was gleichbedeutend ist, ihm die erwartete freundliche Zustimmung verweigern, so bin ich meinesteils gewiß, daß wir morgen die Anzeige seines Entschlusses erhalten werden!«

Die kleine Versammlung überzeugte sich von der mutmaßlichen Richtigkeit dieser Ansicht.

»So schlage ich vor, zur Abstimmung zu schreiten,« sagte Salome; »wie alt ist er eigentlich jetzt? Weiß es niemand?«

»Er ist beinahe dreiundvierzig,« antwortete Figura.

»Dreiundvierzig!« sagte Salome; »gut, ich stimme für die Junge!«

»Und ich für die Alte!« rief die Tochter des Proselytenschreibers, die zarte Grasmücke, die in dieser Sache so hartnäckig schien, wie einer der Redner jener blutigen Kriegsgemeinde von Greifensee.

»Ich stimme für die Junge!« rief dagegen die schöne Wendelgard und schlug leicht mit der flachen Hand auf den Tisch.

»Und ich für die Alte!« sagte Aglaja mit unsicherem Ton, indem sie vor sich hinschaute.

»Jetzt haben wir zwei junge und zwei alte Stimmen,« rief Salome; »Figura Leu, du entscheidest!«

»Ich bin für die Junge!« sagte diese, und Salome ergriff sofort die Glocke und klingelte kräftig.

Es dauerte ein paar Minuten, ehe Landolt erschien, und es herrschte eine tiefe Stille, während welcher verschiedene Gefühle die Frauen bewegten. Figura vermochte kaum ein paar schwere Tränen zu verbergen, die ihr an den Wimpern hingen; denn sie hatte sich an die Meinung gewöhnt, daß Landolt ledig bleibe, und wußte jetzt, daß sie die Einsamkeit ganz allein tragen müsse. Dieses Verbergen half ihr ein Einfall Wendelgards zuwege bringen, welche, die Stille unterbrechend, ausrief, sie schlage vor, daß der Landvogt die Alte küssen müsse, ehe man ihm das Urteil eröffne; er werde dann glauben, dasselbe laute für Marianne, und man werde an seinem Gesichte, das er schneide, entdecken, ob es ihm Ernst gewesen sei, sie zu heiraten. Der Vorschlag wurde gutgeheißen, obgleich Figura ihn bekämpfte, weil sie dem Landvogt die unangenehme Szene ersparen wollte.

In diesem Augenblick öffnete sich die Tür und er trat feierlich herein, die Frau Marianne am Arm, welche possierliche Verneigungen und Komplimente nach allen Zeiten hin machte, gleichsam als wollte sie sich zum voraus in gute Freundschaft empfehlen. Dabei ließ sie in schalkhafter Laune durchbohrende Blicke bald auf diese, bald auf jene der anmutigen Richterinnen fallen, so daß diese ganz zaghaft und mit bösem Gewissen dasaßen. Der Landvogt aber sagte:

»In der sicheren Voraussicht, daß meine Beiständerinnen mich auf den Weg der ruhigen Vernunft und des gesetzten Alters verweisen, führe ich die Erkorene gleich herbei und bin bereit, mit ihr die Ringe zu wechseln!«

Wiederum verneigte sich Frau Marianne nach allen Richtungen, und die Frauen am Tische wurden immer verblüffter und kleinlauter. Keine wagte ein Wort zu sagen; denn selbst Aglaja und Barbara, die für die Alte gestimmt, fürchteten sich vor ihr. Nur Figura Leu, voll Trauer über den tiefen Fall des Mannes, der wirklich eine verwitterte Landfahrerin heiraten wolle, die längst schon neun Kinder gehabt, erhob sich und sagte mit unwillig bewegter Stimme:

»Ihr irrt Euch, Herr Landvogt! Wir haben beschlossen, daß Ihr die junge Base dieser guten Frau heiraten sollt, und hoffen, daß Ihr unseren Rat ehret und uns nicht in den April geschickt habt!«

»Ich fürchte, es ist doch geschehen!« sagte der Landvogt lächelnd, trat zum Tisch und klingelte mit der Glocke, indessen die Frau Marianne ein schallendes Gelächter erhob, als der Knabe, der die Magd gespielt hatte, in seinen eigenen Kleidern erschien und vom Landvogt den Damen als Sohn des Herrn Pfarrers zu Fellanden vorgestellt wurde.

»Da mir nun die Alte verboten ist und sie, ihrem Gelächter nach zu schließen, sich nichts daraus macht, die Junge aber sich unter der Hand in einen Knaben verwandelt hat, so denke ich, wir bleiben einstweilen allerseits, wie wir sind! Verzeiht das frevle Spiel und nehmt meinen Dank für den guten Willen, den Ihr mir erzeigt, indem Ihr mich nicht für unwert erachtet habt, noch der Jugend und Schönheit gesellt zu werden! Aber wie kann es anders sein, wo die Richterinnen selber in ewiger Jugend und Schönheit thronen?«

Er gab ihnen der Reihe nach die Hand und küßte eine jede auf den Mund, ohne daß derselbe von einer verweigert wurde.

Figura gab das Zeichen zu einer mäßigen Ausgelassenheit, indem sie freudevoll rief: »So hat er uns also doch angeschmiert!«

Mit lautem Gezwitscher flog das schöne Gevögel auf und fiel an dem kleinen Seehafen vor dem Schlosse nieder, wo ein Schiff bereit lag für eine Lustfahrt; das Schiff war mit einer grünen Laube überbaut und mit bunten Wimpeln geschmückt. Zwei junge Schiffer führten das Ruder, und der Landvogt saß am Steuer; in einiger Entfernung fuhr ein zweiter Nachen mit einer Musik voraus, die aus den Waldhörnern der Landoltschen Schützen bestand. Mit den einfachen Weisen der Waldhornisten wechselten die Lieder der Frauen ab, welche jetzt herzlich und freudefromm bewußt waren, daß sie dem still das Steuer führenden Landvogte gefielen, und sein ruhiges Glück mitgenossen. Musik und Gesang der Frauen ließ ein leises Echo aus den Wäldern des Zürichberges zuweilen widerhallen, und das große, blendend weiße Glarner Gebirge spiegelte sich in der luftstillen Wasserfläche. Als der herannahende Abend alles mit seinem milden Goldscheine zu überfloren begann und alles Blaue tiefer wurde, lenkte der Landvogt das Schiff wieder dem Schlosse zu und legte unter vollem Liederklange bei, so daß die Frauen noch singend ans Ufer sprangen.

Ihrer warteten im Schlosse vier muntere junge Leute, welche Landolt auf den Abend zu sich berufen hatte. Es wurde ein kleiner Ball abgehalten; Herr Salomon tanzte selbst mit jeder der Flammen einen Tanz und gab beim Abschiede jeder einen der Jünglinge zur guten Begleitung mit, der Figura Leu aber den artigen Knaben, der die junge Magd gespielt hatte.

Während der Abfahrt ließ er die Kanonen wieder abfeuern und sodann bei zunehmender Dunkelheit die Fahne auf dem Dach einziehen.

»Nun, Frau Marianne,« fragte er, als sie ihm den Schlaftrunk brachte, wie hat Euch dieser Kongreß alter Schätze gefallen?«

»Ei, bei allen Heiligen!« rief sie, »ausnehmend wohl! Ich hätte nie gedacht, daß eine so lächerliche Geschichte, wie fünf Körbe sind, ein so erbauliches und zierliches Ende nehmen Könnte. Das macht Ihnen so bald nicht einer nach! Nun haben Sie den Frieden im Herzen, soweit das hienieden möglich ist; denn der ganze und ewige Frieden kommt erst dort, wo meine neun kleinen Englein wohnen!«

So verlief diese denkwürdige Unternehmung. Später erhielt der Obrist die Landvogtei Eglisau am Rhein, wo er blieb, bis es überall mit den Landvogteien ein Ende hatte und im Jahre 1798 mit der alten Eidgenossenschaft auch die Feudalherrlichkeit zusammenbrach. Er sah nun die fremden Heere sein Vaterland und die schönen Täler und Höhen seiner Jugendzeit überziehen, Franzosen,

Österreicher und Russen. Wenn auch nicht mehr in amtlicher Stellung, war er doch überall mit Rat und Hülfe tätig, stets zu Pferd und unermüdlich; aber in allem Elend und Gedränge der Zeit wachte sein künstlerisches Auge über jeden Wechsel der tausenderlei Gestalten, die sich wie in einem Fiebertraume ablösten, und selbst im Donner der großen Schlachten, deren Schauplatz seine engste Heimat war, entging ihm kein nächtlicher Feuerschein, kein spähender Kosak oder Pandure im Morgengrauen. Als die Sturmfluten sich endlich verlaufen hatten, wechselte er, malend, jagend und reitend, häufig seinen Aufenthalt und starb im Jahre 1818 im Schlosse zu Andelfingen an der Thur. Von jener letzten Zeit sagt sein Biograph: An warmen Sommernachmittagen blieb er allein unter dem Schatten der Platanen sitzen, zumal während der Ernte, wo die ganze kornreiche Gegend von Schnittern wimmelte. Er sah denselben gern von seiner Höhe zu. Wenn sie bei der Arbeit sangen, pflückte er wohl ein Blättchen, begleitete, leise darauf pfeifend, die fröhlichen Melodien, welche aus dem Tale heraufschwebten, und entschlummerte zuweilen darüber, wie ein müder Schnitter auf seiner Garbe.

Im Spätherbste seines siebenundsiebzigsten Lebensjahres, als das letzte Blatt gefallen, sah er das Ende kommen. »Der Schütze dort hat gut gezielt!« sagte er, auf das elfenbeinerne Tödlein zeigend, das er von der Großmutter geerbt hatte. Die Figura Leu, welche noch im alten Jahrhundert gestorben, hatte das feine Bildwerk von ihm geliehen, da es ihr Spaß mache, wie sie sich ausdrückte. Nach ihrem Tode hatte er es wieder an sich genommen und auf seinen Schreibtisch gestellt.

Die Frau Marianne ist im Jahre 1808 abgeschieden, ganz ermüdet von Arbeit und Pflichterfüllung; ihrer Leiche folgte aber auch ein Grabgeleite, wie einem angesehenen Manne.

*

Über dem sorgfältigen Abschreiben vorstehender Geschichte des Landvogts von Greifensee waren dem Herrn Jacques die letzten Mücken aus dem jungen Gehirn entflohen, da er sich deutlich überzeugte, was alles für schwieriger Spuk dazu gehöre, um einen originellen Kauz notdürftig zusammenzuflicken. Er verzweifelte daran, so viele, ihm zum Teil widerwärtige Dinge, wie zum Beispiel fünf Körbe, einzufangen, und verzichtete freiwillig und endgültig darauf, ein Originalgenie zu werden, so daß der Herr Pate seinen Part der Erziehungsarbeit als durchgeführt ansehen konnte.

Keineswegs aber wendete Herr Jacques sich von den Idealen ab; wenn er auch selbst nichts mehr hervorzubringen trachtete, so bildete er sich dagegen zu einem eifrigen Beschützer der Künste und Wissenschaften aus und wurde ein Pfleger der jungen Talente und Vorsteher der Stipendiaten. Er wählte dieselben, mit Lorgnon, Sehrohr und hohler Hand bewaffnet, vorsichtig aus, überwachte ihre Studien, sowie ihre sittliche Führung; das erste Erfordernis aber, das er in allen Fällen festhalten zu müssen glaubte, war die Bescheidenheit. Da er selber entsagt hatte, so verfuhr er in dem Punkte um so strenger gegen die jungen Schutzbedürftigen; in jedem Zeugnisse, das er verlangte oder selbst ausstellte, mußte das Wort Bescheidenheit einen Platz finden, sonst war die Sache verloren, und bescheiden sein war bei ihm halb gemalt, halb gemeißelt, halb gegeigt und halb gesungen!

Bei der Einrichtung von Kunstanstalten, Schulen und Ausstellungen, beim Ankaufe von Bildern und dergleichen führte er ein scharfes Wort und wirkte nicht minder in die Ferne, indem er stetsfort an den ausländischen Kunstschulen oder Bildungsstätten hier einen Kupferstecher, dort einen Maler, dort einen Bildhauer, anderswo einen Musikus oder Sterndeuter am Futter stehen hatte, dem er aus öffentlichen oder eigenen Mitteln die erforderlichen Unterstützungsgelder zukommen ließ. Da gewährte es ihm denn die höchste Genugtuung, aus dem Briefstil der Überwachten den Grad der Bescheidenheit oder Anmaßung, der unreifen Verwegenheit oder der sanften Ausdauer zu erkennen und jeden Verstoß mit einer Kürzung der Subsidie, mit einem Verschieben der Absendung und einem vierwöchentlichen Hunger zu ahnden und Wind, Wetter, Sonne und Schatten dergestalt eigentlich zu beherrschen, daß die Zöglinge in der Tat auch etwas erfuhren und zur besseren Charakterausbildung nicht so glatt dahinlebten.

Einmal nur wäre er fast aus seiner Bahn geworfen worden, als er nämlich nach gehöriger Ausreifung aller Verhältnisse seine vorbestimmte Braut feierlich heimführte und so das Kunstwerk seiner ersten Lebenshälfte abschloß.

Er stand nach mannigfaltigen und nützlichen Reisen, nicht mehr in erster Jugend, an der Spitze des ererbten Handelsgeschäftes, welches sich gewissermaßen von selbst fortführte. Das Besitztum war umschrieben, sichere Erbanfälle der Zukunft waren vorgemerkt, auch diejenigen, welche der Braut nicht ausbleiben konnten, markiert, so daß nach menschlichem Ermessen einer nicht unbescheidenen Zahl zu erhoffender Kinder jetzt schon der Wohlstand gewährleistet schien; so wurde denn zur längsterwarteten offenen Werbung geschritten, die Verlobung abgehalten, die Hochzeit verkündet und letztere gefeiert, nicht ohne vorhergehende achttägige Kur und Einnahme blutreinigender Absüde mit Hütung des Hauses; wie ein frommer Weihekrug dampfte während dieser Zeit der Hafen mit den Sennesblättern und dem Glaubersalz. Die Hochzeitsreise aber ging über die Alpen nach Hesperiens goldenen Gefilden, und der Zielpunkt war das ewige Rom. Einen hohen Strohhut auf dem Kopfe, in gelben Nanking gekleidet, mit zurückgeschlagenem Hemdkragen und fliegenden Halstuchzipfeln, führte er die Neuvermählte auf den sieben Hügeln herum, die ihm ganz bekannt und geläufig waren. Stets noch geschmückt mit langen Locken, ging oder mußte sie gehen mit grünem Schleier und schneeweißem Gewande; denn die diesfällige Sorge der Mutter hatte nun der gebietende Herr Jacques übernommen, und er wählte und bestimmte als geschmacübender Mann ihre Kleidung.

Nun lebte gerade zu jener Zeit in Rom ein junger Bildhauer, dessen Unterhalt und Studium er aus der Ferne lenkte.

Die Bericht- und Gesuchschreiben des Jünglings waren mit aller Bescheidenheit und Demut abgefaßt, keinerlei Überhebung oder Spuren ungehöriger Lebensführung darin sichtbar; sein Erstlingswerk, ein dürstender Faun, der den Schlauch erhebt, sollte just der Vollendung entgegenreifen. Daher bildete nun die Heimsuchung des Schützlings einen Glanz- und Höhepunkt dieses römischen Aufenthaltes, und es schien ein solcher Hang ein durchaus würdiges, wenn auch bescheidenes Zeugnis selbsteigener Betätigung inmitten der klassischen Szenen abzulegen, die Person des Herrn Jacques mit der großen Vergangenheit zu verbinden und so am füglichsten seine Entsagung zu lohnen, indem er an seinem geringen Orte als eine Art Mäzen den erhabenen Schauplatz beschreiten durfte.

Er war auf ein bescheidenes, aber reinliches und feierlich stilles Atelier gefaßt, in welchem der gelockte Jüngling sinnig vor seinem Marmor stände. Mutig drang er, die Gattin am Arme, in die entlegene Gegend am Tiberflusse vor, auf welchem, wie er ihr erklärte, die Kähne mit den karrarischen Marmorblöcken hergefahren kämen. Schon erblickte er im Geiste den angehenden Thorwaldsen oder Canova, von dem Besuche anständig froh überrascht, sich erstaunt an sein Gerüst lehnen und mit schüchterner Gebärde die Einladung zum Mittagessen anhören; denn er gedachte dem Trefflichen einen guten Tag zu machen; wußte er doch, daß derselbe den ihm erteilten Vorschriften gemäß sparsam lebte und, obschon er erst neulich seine Halbjahrpension erhalten, gewiß auch heute noch nicht gefrühstückt habe, der ihm eingeprägten Regel eingedenk, daß es für einen jungen unvermögenden Menschen in der Fremde vollkommen genüge, wenn er im Tag einmal ordentlich esse, was am besten des Abends geschehe.

Endlich war der Ort gefunden. Eine ziemliche Wildnis und Wüstenei von Gemäuer, Holzplanken, alten Ölbäumen und Weinreben, wozwischen eine Menge Wäsche zum Trocknen aufgehängt war, stellte das Propyläum vor. Da der Anblick sehr malerisch war, so schritt der Herr Mäzen wohlgemut weiter, zumal das Gebäude im Hintergründe, welches die Werkstatt zu enthalten schien, ebenso poetisch auf seinen künstlerischen Sinn einwirkte; denn es war ganz aus verwitterten, einst behauen gewesenen Werkstücken, Gesimsen und Kapitalen zusammengesetzt und mit prächtigem Efeu übersponnen. Die Türpfosten bestanden aus zwei kolossalen, bärtigen Atlanten, welche bis zum Nabel in der Erde steckten und eine quer gelegte mächtige Säulentrommel auf ihrem Genicke trugen; jedoch Kühlung gewährte ihnen bei dieser Arbeit das Dach einer niedrigen, aber weitverzweigten Pinie, die so das Helldunkel des Inneren fortsetzte und auch über die Pforte warf. Allein, wie nun das wandernde Paar sich diesen Schatten mehr und mehr näherte, wurden sie immer vernehmlicher von geisterhaften Tönen, Gesängen, Saitenspiel und Trommelschall belebt und dieses Gesumme wieder übertönt von einzelnem Rufen und Schreien; es war, als ob in der Stille und Abgeschiedenheit der grünen Wildnis ein unsichtbares Bacchanal verschollener Geister abgehalten würde. Erstaunt horchte

Herr Jacques eine Weile, und als der spukhafte Lärm immer lauter wurde, betrat er endlich entschlossen den inneren Raum.

Es glich derselbe einer kühlen großen Waschküche; an der Wand befand sich der Herd mit einem großen Kessel; allerlei Kufen, Zuber und Kübel standen herum; einige darunter waren mit Brettern belegt und bildeten so zusammen einen langen Tisch, der mit weißen Tüchern bedeckt und mit langhalsigen Korbflaschen bepflanzt war; dazwischen standen Schüsseln mit den Resten eines einfachen ölduftenden Mahles, mit einigen Fischköpfen, Salatblättern und braunen Kuchen. An dem Tische saßen verschiedene Gruppen von Männern und Frauen in römischer Volkstracht, die bräunlichen Frauen mit den weißen Kopftüchern und großen goldenen Ohrringen, die Herren mit ganz kleinen Ohrringen und in kurzen Jacken, spitze Hüte auf den schwarzen Krausköpfen.

Alles das sang und spielte die Gitarre oder die Mandoline, und zwei hübsche Paare führten, das Tamburin schlagend, einen Tanz auf. Das schönste der Frauenzimmer saß oben an dem schmalen Brett neben dem einzigen blonden Manne, der in der Gesellschaft zu finden war; sie kehrten aber einander den Rücken zu, indem das Weib, an ihn gelehnt und die Beine übereinandergeschlagen, ebenfalls sang und auf eine schellenbesetzte Handtrommel schlug, während der Blonde mit seinem Nachbar Morra spielte, fortwährend die Finger auswarf und mit wütender Stimme die Zahlworte ausrief. Dieser war der Bildhauer; er trug jedoch keine Locken, sondern das Haar so kurz am Kopfe weggeschnitten, wie eine abgenutzte Schuhbürste; dafür war der Bart stark und struppig und das Gesicht rot erhitzt, so daß Herr Jacques ihn kaum wieder erkannte.

Kurz gesagt, feierte der Bildhauer eben seine Hochzeit und die neben ihm sitzende Römerin war die Braut. Wie der Bräutigam der einzige Blonde, war er auch der einzige Angeheiterte im Hause, während die übrigen über der Lichterscheinung des Mäzenatenpaares still geworden und jeder erstaunt an der Stelle verharrte, wo er saß oder stand, sprang der Angetrunkene ohne alle Berechnung der Umstände auf und hieß seinen Gönner und Herrn höchlich willkommen an seinem Ehrentage, welchen er ihm jetzt nachträglich verkündigte und erklärte. Er hatte diese heimliche Verheiratung und gemischte Ehe am Sitze der Unduldsamkeit selbst mit Hülfe einer propagandalustigen Geistlichkeit durchgesetzt, die einer protestantischen Gesandtschaft beigegeben war und mit Gesellschaften verschiedener Nationen in Verbindung stand, die dergleichen menschenfreundliche Intrigen betrieben, nicht etwa in Voraussicht einer freisinnigeren Gesetzgebung, wie sie jetzt alle fortgeschrittenen Staaten aufweisen, sondern um die Folgen der Unbescheidenheit armer Leute, wo sie tatsächlich auftraten, zu legitimieren und der Sitte äußerlich zu unterwerfen.

Herr Jacques faßte den Handel wenigstens so auf; er war empört und bleich vor Erregung und fuhr halblaut den neuen Pygmalion an:

»Und dieses saubere Hochzeitsgelage, herbeigeführt durch gewissenlose Mucker und Frömmler, wird natürlich aus den Unterstützungsgeldern bestritten, die ich erst neuerlich abgesandt habe?«

»So unmittelbar wohl nicht,« sagte der Heiratsmann gemütlich nachdenkend; »die Sache verhält sich nämlich so, daß ich bei diesen schwierigen Zeitläufen klug zu tun glaubte, wenn ich mich mit meinem Stipendium an der schönen Wäscherei meiner Schwiegermutter beteilige, gewissermaßen als Kommanditär, und es hat sich als nicht unpraktisch bewährt. Ich genieße die Kost und Verpflegung einer rüstigen und gesuchten Waschfrau, welche ungleich besser ist, als diejenige eines Stipendiaten, und erspare die Miete für ein eigenes Atelier, da mir diese geräumige Waschküche namentlich des Sonntags, an den vielen katholischen Feiertagen und überdies fast die Hälfte der Woche hindurch den geeigneten Platz für meine Arbeiten gewährt, sobald ich jenen Fensterladen im Dachwinkel dort aufstoße, ergießt sich die schönste Lichtmasse auf meine Modelle!«

»Wo sind sie, diese Modelle? Wo ist der dürstende Faun, der schon aus dem Marmor herauswachsen soll?« rief vor Zorn beinahe stammelnd der Mäzenatsherr, der sich schändlich gefoppt glaubte und mit flammenden Augen an den Wänden herumsuchte, wo nichts zu finden war, als einige bestaubte und von Rauch geschwärzte Gliedmaßen, nämlich die in Gips abgeformten Füße, Hände und Arme der schöngewachsenen Braut oder nunmehrigen Frau des fröhlichen Scholaren.

Der wurde jetzt doch etwas kleinlaut; denn er war leider nicht vorbereitet, als Held einer der heute so beliebten Bildhauernovellen zu dienen, da er sich eben im unheimlichen Stadium des faulen Hundes befand, dem ja seinerzeit auch der junge Thorwaldsen nicht entgangen ist. Er schaute mit unsicheren Blicken nach einer dunkeln Ecke, als Herr Jacques von neuem schrie: »Wo ist der dürstende Faun?« und ging mit schwankenden Schritten nach jener Richtung hin; mit Bedauern nahm er wahr, wie rasch die Dinge ändern und wie fröhlich er vorhin noch sein »*cinque, due, sette, quattro!*« gerufen hatte.

Aber es half nichts; unerbittlich folgte, stets die weiße Dame am Arme, Herr Jakobus auf den Füßen; die ganze Hochzeitsversammlung schloß sich neugierig an und bald stand ein Ring schöner Leute um eine geheimnisvoll vermummte Gestalt herum, welche auf einem Modellierstuhle stand.

Ganz nahe ließ sich dem Geheimnis jedoch nicht beikommen wegen eines Haufens Kartoffeln und anderen Gemüses, das davor und darunter lag. Nachdem der Bildhauer einen Fensterladen aufgestoßen, fiel das Licht auf eine mit eingetrockneten Tüchern umwickelte Tonfigur, und jener arbeitete sich durch die Kartoffeln, um letztere der Hüllen zu entledigen. Mit den Tüchern fiel ein abgedorrtes Ziegenohr des Fauns herunter und mehr als ein Finger der erhobenen Hände. Endlich kam der gute Mann zum Vorschein; das gierig durstige Gesicht war herrlich motiviert durch den wie ein dürres Ackerland zerklüfteten Leib, der den wohltätig anfeuchtenden Wasserstaub seit vielen Wochen nicht verspürt haben mochte. Der Weinschlauch fehlte auch noch, wodurch der Ärmste das Ansehen jenes in der Tiber gefundenen Adoranten gewann und um etwas Flüssiges zu beten schien.

Das Ganze machte den Eindruck wie ein vor unvordenklichen Zeiten verlassenes stilles Bergwerk.

Alle betrachteten erstaunt diese vertrocknete Unfertigkeit; der Bildhauer aber bekam selber Durst von dem Anblick, drückte sich hinweg, und als der unschlüssige Mäzen sich nach ihm umschaute, um verschiedene Fragen an ihn zu richten, sah er ihn einsam am Tische stehen, wie er eine der langgehalsten Flaschen in die Höhe hielt und von oben herunter einen Strahl roten Weines mit größter

Sicherheit in die Kehle fallen ließ, ohne zu schlucken oder einen Tropfen zu verlieren.

Hierüber mußte er endlich selbst lachen und es begann ihm die Ahnung aufzudämmern, daß es sich um eine gute Künstleranekdote, um ein prächtiges Naturerlebnis handle. Kaum ward die etwas verdutzt gewordene Gesellschaft dieser besseren Wendung inne, so kehrte die alte Fröhlichkeit zurück; die beiden Ehrenpersonen, Herr und Frau, sahen sich augenblicklich an den Ehrenplatz am Tische versetzt; Gesang, Musik und Tanz wurden wieder aufgenommen, und Herr Jacques war ganz Aug' und Ohr, um keinen Zug des Gemäldes zu verlieren und wenigstens den ästhetischen Gewinn dieser Erfahrung möglichst vollständig einzuheimsen.

Gerade als seine Aufmerksamkeit am höchsten war, ereignete sich etwas Neues. Die Schwiegermutter des glücklichen Pygmalion erschien mit einem zierlich geputzten Wickelkindchen auf dem Arm und alles rief: »Der Bambino!« Es war in der Tat das voreheliche Kindlein, welches den Anlaß zu dieser Hochzeit gegeben hatte und nun dem reisenden Paare von dem Bildhauer mit großer Fröhlichkeit vorgewiesen wurde, indessen die schöne Braut verschämt in ihren Schoß sah. Ein größerer Unwille, eine dunklere Entrüstung als je zuvor zogen sich auf dem Antlitze des Herrn Jacques zusammen; allein schon hatte seine sanfte weiße Gemahlin das Wesen samt dem Kissen in die Arme genommen und schaukelte dasselbe freundlich und liebevoll; denn es war ein sehr hübsches Kind und sie empfand schon eine Sehnsucht nach einem eigenen Leben dieser Art.

Durch solche Güte und Holdseligkeit ermutigt, gestand der Stipendiarius, daß das arme Würmlein noch nicht getauft und daß ihm soeben der ehrerbietige Gedanke aufgestiegen sei, ob sich der hochachtbare Herr Gönner nicht vielleicht zu Gevatter bitten ließe? Der Taufe, welche demnächst stattfinden müsse, brauchte er deshalb nicht selbst beizuwohnen, da sich schon ein anständiger Stellvertreter finden würde, wenn man nur den Herrn als Taufzeugen nennen und einschreiben lassen dürfte.

Ein weicher Blick der Gattin entwaffnete seinen wachsenden Zorn; schweigend nickte er die Einwilligung, riß ein Blättchen Papier aus seinem Notizbuche, wickelte einen Dukaten darein und steckte denselben dem Kindlein unter das bunte Wickelband. Dann aber floh er unverweilt mit der Gemahlin aus der Höhle der Unbescheidenheit, wie er die malerische Waschküche nannte.

Als er zu Hause seinem jetzt sehr alten Herren Paten verdrießlich erzählte, wie er zu Rom selbst Pate geworden sei, lachte jener vergnüglich und wünschte ihm, daß er ebenso viele Freude an dem Täufling erleben möge, wie er, der Meister Jakobus, ihm einst gemacht habe und noch mache.

Über tredition

Eigenes Buch veröffentlichen

tredition wurde 2006 in Hamburg gegründet und hat seither mehrere tausend Buchtitel veröffentlicht. Autoren veröffentlichen in wenigen leichten Schritten gedruckte Bücher, e-Books und audio-Books. tredition hat das Ziel, die beste und fairste Veröffentlichungsmöglichkeit für Autoren zu bieten.

tredition wurde mit der Erkenntnis gegründet, dass nur etwa jedes 200. bei Verlagen eingereichte Manuskript veröffentlicht wird. Dabei hat jedes Buch seinen Markt, also seine Leser. tredition sorgt dafür, dass für jedes Buch die Leserschaft auch erreicht wird.

Im einzigartigen Literatur-Netzwerk von tredition bieten zahlreiche Literatur-Partner (das sind Lektoren, Übersetzer, Hörbuchsprecher und Illustratoren) ihre Dienstleistung an, um Manuskripte zu verbessern oder die Vielfalt zu erhöhen. Autoren vereinbaren direkt mit den Literatur-Partnern die Konditionen ihrer Zusammenarbeit und partizipieren gemeinsam am Erfolg des Buches.

Das gesamte Verlagsprogramm von tredition ist bei allen stationären Buchhandlungen und Online-Buchhändlern wie z. B. Amazon erhältlich. e-Books stehen bei den führenden Online-Portalen (z. B. iBookstore von Apple oder Kindle von Amazon) zum Verkauf.

Einfach leicht ein Buch veröffentlichen: **www.tredition.de**

Eigene Buchreihe oder eigenen Verlag gründen

Seit 2009 bietet tredition sein Verlagskonzept auch als sogenanntes "White-Label" an. Das bedeutet, dass andere Unternehmen, Institutionen und Personen risikofrei und unkompliziert selbst zum Herausgeber von Büchern und Buchreihen unter eigener Marke werden können. tredition übernimmt dabei das komplette Herstellungs- und Distributionsrisiko.

Zahlreiche Zeitschriften-, Zeitungs- und Buchverlage, Universitäten, Forschungseinrichtungen u.v.m. nutzen diese Dienstleistung von tredition, um unter eigener Marke ohne Risiko Bücher zu verlegen.

Alle Informationen im Internet: **www.tredition.de/fuer-verlage**

tredition wurde mit mehreren Innovationspreisen ausgezeichnet, u. a. mit dem Webfuture Award und dem Innovationspreis der Buch Digitale.

tredition ist Mitglied im Börsenverein des Deutschen Buchhandels.

Dieses Werk elektronisch lesen

Dieses Werk ist Teil der Gutenberg-DE Edition DVD. Diese enthält das komplette Archiv des Projekt Gutenberg-DE. Die DVD ist im Internet erhältlich auf **http://gutenbergshop.abc.de**

FSC
www.fsc.org

MIX

Papier | Fördert
gute Waldnutzung

FSC® C083411

Zeitfracht Medien GmbH
Ferdinand-Jühlke-Straße 7
99095 Erfurt, Deutschland
produktsicherheit@kolibri360.de